Author 寺王
Illustration 由夜
JN131422
ブラックな騎士団の奴隷がホワイトな冒険者ギルドに引き抜かれてSランクになりました
The Slave of the "Black Knights" is Recruited by the "White Adventurer's Guild" as a S Rank Adventurer
9

The Slave of the "Black Knights" is
Recruited by the "White Adventurer's Guild"
as a S Rank Adventurer

# CONTENTS



9

ジードを傍らに置いたクエナが
花束を投げる。
それはブーケトスだった。
花束は運命のように
シーラに舞い降りた。

シーラ
クゼーラ王国騎士団の副団長から冒険者に転身した騎士。Aランクの中でも上位の実力者。
ユイ
ウェイラ帝国第0軍の軍長。史上最年少のSランク冒険者であったが、ルイナに引き抜かれた。
ルイナ
ウェイラ帝国の元女帝。実力主義者で世界中から有能な人材を集めている。ジードと結婚し、帝位を譲った。
クエナ
炎の剣技を操る冒険者。ルイナの異母妹。『アステアの徒』の事件解決に尽力した功績でSランクに昇格した。
ジード
クゼーラ王国騎士団から引き抜かれたSランク冒険者。【勇者】の座を辞退し、ウェイラ帝国の帝王となった。

# ブラックな騎士団の奴隷がホワイトな冒険者ギルドに引き抜かれてSランクになりました 9

寺王

OVERLAP

イラスト／由夜

## 第十二章

# 黒白を争う
# 世界の果てに

The Slave of the "Black Knights" is
Recruited by the "White Adventurer's Guild"
as a S Rank Adventurer

9

# 第一話　平和は永くない

世界には平和が訪れていた。

それが仮初であること、嵐の前の静けさであることを、一部の人間は知っている。そして、一部の人間は来たるべき危機に備えるよう促していた。

それは無意識下の刷り込み程度ではあるが、不安を煽《あお》らないための策だった。

たとえば、ニュースには必ずといっていいほど戦争にまつわる話があったし、街単位での避難訓練も実施されていた。けれど、人々は決して疲弊を強いられることはなかった。

そんな平和はウェイラ帝国でも同様だった。

長らく戦火の中心に在り、あるいは巻き込まれ、常になにかと戦っていた強国も一息ついている。

大きな時代の流れを俯瞰《ふかん》して見れば、それはジードが帝王に即位したことを契機にしている。内乱の発生数が大きく減ったのは、そういった要因もあるだろう。

ルイナは当初の不安として、「戦争がもたらす恩賞を狙う軍閥が、この平和に不満とくすぶりを抱いて暴れ出すのでは」と危惧していた。

しかし、それは杞憂《きゆう》だった。

まず、ウェイラ帝国は過剰といえる軍事費を賄うことができた。

ウェイラ帝国には多くの国々が属国として下っており、それらの国々と面していることもあり、交通の要所が至る所に存在する。

そこで生まれたのが通行税や関税である。さらに関所の警備を強化することでスパイや軍事活動、盗賊による略奪の対策に追われていた人員を削減することに成功した。

これにより密輸を防ぎ、多くの悩みの種は消えることになる。

さらに余剰の人員には貿易商の専属護衛として実戦経験を積むという道も生まれた。ギルドの冒険者や傭兵《ようへい》集団から嫌な目をされることもあるが、仕事の分業化も幅広い分野で可能となった。

また、大陸全土の平和ムードもウェイラ帝国が国内の地盤を固めるのに一役買っていた。

ウェイラ帝国は属国ひとつひとつの役割を決めている。食料、工業、経済など。

必要があれば援助し、必要があれば保護する。

そういった取り組みをしていたが、長らく続く戦争で他国の諜報《ちょうほう》による妨害などが発生しており、本来の生産力や経済力を発揮させることが難しかった。

だが、世界平和に伴い、ウェイラ帝国は安定を得た。

これにより、属国が本来持つ資質を最大限に伸ばすことが可能になった。

むろん、ウェイラ帝国に属することを好まない国も存在した。

自国の文化や歴史を重んじ、独立を果たそうと考える国だ。

それらと同化することが難しいと思えば、彼らの独立を認めた。

以前ならば武力による弾圧も行使していただろうが、ウェイラ帝国はそれ以上の消耗と国際社会からの非難を避けた。

なにより、帝王と妃《きさき》の会話が大きかった。

『彼らの独立を認めるべきかな、帝王よ』

『そっちの方が人を傷つけないならいいんじゃない？』

これにより方針が決定付けられた。

独立のための支援も行った。警戒心から、受け入れられることは稀《まれ》であった。

しかし、結果的に独立した国々よりも、属することを選んだ国の方が発展した。

大陸に平和は訪れたが、それでも水面下での戦いは繰り広げられている。

ウェイラ帝国という後ろ盾をなくしたために、独立した国では政権を狙う派閥同士の内乱まで起きた。

それには権力や名声を欲した人々だけでなく、各国の思惑も絡んで暗躍している。人死にも多く出た。

また一部はウェイラ帝国に再併合を求めた。

そういった結果を見て、他の国々も独立を叫ぶことはなくなった。

この流れをつくるためにウェイラ帝国が暗躍したという情報は一切ないが、そうした結果になることもまたルイナの計画のひとつだと言われている。

結局のところ、力がなければ生き残れない。世界の仕組み自体は変わっていなかった。

しかし、悪意ばかりが政に充満しているわけではない。

人にはどうしようもない気候などの環境によって発展を妨げられる国もあったが、ウェイラ帝国から得意分野に厚い支援が施された。

整備された土地は軍事教練の場所として活用され、自然豊かな場所は観光地としても使われる。交通路の安定化によって、特産物が運び出されることで経済に潤いがもたらされる。そういった恩恵もあった。

軍事的外交とまで呼ばれるほど好戦的で、内政には不向きと思われていたルイナ・ウェイラの才覚が大陸に再び知らされることになる。

しかし、表向きは彼女ではなく、新たに即位したジードの功績となっていた。それほどにルイナの手管は大きく変わっていたし、配偶者を立てる度量もあった。

◇

黄金色の砂粒。

見ているだけで焼けそうな橙色《だいだいいろ》の太陽。

波の音を穏やかに奏でる、美しい海。

俺の隣には、太陽に負けない色鮮やかな赤色の髪を持つ女性がいる。ここは彼女――ルイナ・ウェイラが気に入っている場所のひとつだ。今は貸し切りにして、ごくわずかな人数だけで滞在している。

「ジード、口を開けろ」

ルイナはデッキチェアに腰掛けながら俺を見ていた。

隣のテーブルには盛り付けられた果物が並んでいる。それをフォークで取って、俺の口元まで運ぶ。

「あ、あーん」

こんな定番の甘いやり取りをさせられるとは。

つい動揺が走るが、とりあえずルイナの指示に従う。

甘い汁と歯ごたえのある果肉が口の中を満たす。

「どうだ、美味《お》しいか？」

「うん。美味しいよ」

「そうか、よかった」

実際に美味しい。

ルイナは実際に食べたわけでもないのに、自分のことのように喜ぶ素振りを見せる。

不意にルイナの目が好奇心をかき立てられたように揺れた。

「間抜けな顔をしているぞ？」

「そ、そう？」

「ああ。私が『あーん』なんてするキャラではないと思ったんじゃないか？」

安易な否定と虚言は毒になる。

特にこの気高い美女の前では。

「実を言うと……まあ、うん」

おそらく、動揺がそのまま顔に出ていたのだろう。

暮らし始めた時の張り詰めた緊張は段々と緩んでいる。今みたいに無表情が崩れてしまうことが最近は多々あった。

「だろうな。しかし、この顔がいざという時に引き締まるから私は好きだよ。だから甘えたくなるし、触れ合いたくなる」

言いながら、ルイナが俺の頬を撫《な》でた。

くすぐったくて、心が柔く綻んでいく。

なんの気なしに視線を下に向けると、煽情《せんじょう》的な身体《からだ》が薄い布のみをまとっている。

先程まで泳いでいたため、互いに水着だ。

元々、俺は泳げなかったが、ここに来て練習をした。

まぁ、苦手が克服された程度だけど、隣の島まで泳げるくらいにはなったから個人的には満足だ。

ルイナからは「さすがの身体能力だな」と褒められた。

「そろそろ冷えるから、なにか着ないと」

言いながら、デッキに掛けてあった上着をルイナに被《かぶ》せた。

ルイナは腕を通さず肩にかけたままだ。颯爽《さっそう》としたスタイルで、気丈なルイナに似合っていた。

なにか言いたげなルイナが俺の腹部に触れる。

「ど、どうした？」

「硬いな」

「あ、ありがとう」

とりあえず感謝はしたが、これは褒められているのだろうか。

「クエナから聞いたことがある。毒を食べても効かないと。風邪も引かないのか？」

「風邪も引いたことがないな。前にシーラが苦しそうにしているのを見て、初めて知ったくらいだよ」

「ふふ、この強さが私のものだと思うと心地が良いな」

ルイナが恍惚《こうこつ》な笑みを浮かべる。

妖艶な雰囲気もあって、結構やばい……。

「そ、そそ、そうなるな」

返事をするだけで精いっぱいだった。

きっと顔が真っ赤になっているだろう。原因は太陽に照らされているからだと誤解してくれないだろうか。

そうすれば俺の羞恥心も緩和されて助かる。

しかし、残念ながらすべてお見通しだろうな。

そっとルイナが顔を近づける。

唇の先が触れそうになったとき、ジャリっという砂を踏み込む音が背後から聞こえた。

「あのー、飲み物を持ってきましたよ、ゴシュジンサマ」

明らかに敵意剝《む》き出しの声がかかる。

クエナ・ウェイラ。

ルイナの妹で、姉と同じく赤い髪に整った顔をしている。

やや露出の多いビーチ仕様のメイド服を着ている。

ルイナの趣味だが、なんとこの上ない素晴らしさか。

手には飲み物をのせたトレーを持っていた。

「ああ、ご苦労さま。そこに置いておいてくれ。邪魔が入ったが続きをしようじゃないか、ジード」

「邪魔ってなによ、邪魔って！　あんたが飲み物を持って来いって……というか、このハネムーンとやらに付いて来いって言ったんでしょうが！」

クエナの怒りに呼応して赤い髪が逆立った。

百獣の王を彷彿《ほうふつ》とさせる。

「仕方ないだろう。貸し切りとはいえ、ここには人族最大国家の帝王と妃がいるんだ。護衛もメイドも必要だ。そして、そのふたつを兼任できる者を連れてくるのは当然だろう。まあ、おまえはどちらも中途半端だがな」

「中途半端ぁ!?　新婚旅行だから、記念だから人が我慢してやっているのに……！」

クエナが強く拳を握っている。ルイナの言葉が降りかかる度、その拳から炎が噴き出していた。

俺の内心は焦りでいっぱいだが、ルイナはどこ吹く風だ。

「おいおい、自分の不出来を棚に上げるなよ。そもそも私と帝王の愛の巣《王城》に住まわせてやってるんだぞ。居候が文句を垂れるんじゃない」

「くっ、言わせておけば……！　護衛を怒らせたらどうなるか教えてあげるわよ！」

クエナの手から爆炎が起こる。

盛り上がってきたところで、俺のお腹《なか》から〝ぐ～〟っとご飯の催促が来た。

二人の視線が俺に集まる。

照れながら、お腹をさする。

「ごめんごめん。なんか良い匂いがしててさ」

そう言われて、ルイナが鼻を微《かす》かに動かす。

「たしかに。そう言われてみれば……」

「噂《うわさ》をすれば来たわよ」

「ごはんできたよー！」

砂浜を駆けながら、大きな乳房が弾力を帯びて上下に揺れている。

魅力的なプロポーションに顔も美しい。

やはり彼女――シーラもビーチ仕様のメイド服を着用していた。

なんと素晴らしいことか。

もはや芸術の領域だ。

両頬に痛みが走る。

「どこを見ているんだ？」

「なにを見ているのかしら？」

「す、すむぁまへん（すみません）」

俺が謝ると、再び鋭い視線が交差した。

「おいおい、私はハネムーン中だから叱る権利があるんだぞ。おまえにはあるのか？」

「はぁっ？　あるに決まってるでしょ」

「ふむ。私からすれば使える方のメイドは良いのだ。天真爛漫《てんしんらんまん》な性格に家事の実力。最高じゃないか。城に上げるだけの価値がある。それに引き換え使えない方はグチグチと文句を言うだけか？」

ルイナの『使える方のメイド』はシーラのことだ。視線がそちらに向いている。

反対に『使えない方のメイド』はクエナのことだ。視線がそちらにすら向いていない。

「よし決めた。あんたとタイマンする。今ここで」

クエナの額に血管が浮き出ている。

さすがに我慢の限界が来たようだ。

直接的な戦闘力はクエナの方が高いので、さすがのルイナも冷や汗をかいている。記念の新婚旅行だから、いつもより過剰な物言いでも許されると思ったのだろう。

「ん、ごはん」

不意を突く小さな声。

思いがけず現れた気配に驚き、クエナの憤りが霧散する。

ユイだ。

こちらも素晴らしい衣装を着ていらっしゃるが、今クエナとルイナに睨《にら》まれたら殺される気がするので黙っておく。視線も落としておこう。

「おーおー、ユイもおなかが空《す》いたか。よし、帰るとしようか」

ルイナが立ち上がって別荘のほうに足を運ぶ。

その途中でクエナが持っているトレーの上の飲み物を取って、口を付ける。

「ご苦労さま」

「イライラする……」

「せっかく運んできてくれたから飲んだんじゃないか」

「わかってるけど！　なんか上から目線だしっ」

「実際に上だからな」

クエナは燃えるような髪によく似合う、怒りの面持ちだ。

そうしてルイナがそのまま別荘のほうに向かう。

ユイやシーラも同伴していた。

クエナだけは俺の方に寄ってくる。

「私ずっとメイドなんてイヤだからね？」

俺の顔を覗《のぞ》くようにして、クエナが首を傾《かし》げてきた。すごく綺麗《きれい》な顔をしているから、ひとつひとつの何気ない所作に魅力を感じてしまう。

「言いすぎだな、ルイナ。後で俺から言っておくよ」

「そこは別にいいって。あんた達《たち》の邪魔をしたのは私だから、意地悪をしたくなったんでしょ」

「そう……なのか？」

クエナとルイナの関係は俺でも不思議だ。

きっと目に見えない繋《つな》がりで分かり合っているのだろう。

思えば、ルイナは人を扱うことに長《た》けている。

クエナのメイド方面の実力を伸ばしたいのなら――本人の意向も大事だけど――わざわざシーラを引き合いにして挑発する必要はない。

俺が意図を汲《く》み取れずにいると、クエナがもじもじと髪に触れながら身体をくねらせる。

「私が言いたいのは……その。ルイナに先を越されたけど……さ」

そこで、俺は彼女の真意を感じ取った。

俺にとっては当たり前すぎて、口にすらしていなかった。

そうか。

彼女にとって、それはきちんと口にして欲しいことなのだ。

「ああ、必ず結婚しよう」

メイドではなく、結婚相手として一緒にいたい。

そういうことなのだ。

「そうやって正面からしっかり言われるとこっちが恥ずかしいっての！」

ぷりぷりとクエナが頬を膨らませる。

言いづらそうにしていたことを、俺があっさり言ってのけたことで照れているようだった。声を荒らげたのは照れ隠しのためだろう。

「気を抜いたらいけないと思ってさ」

「ま、ルイナとの新婚旅行は大変そうだから、そこは許してあげる」

「た、大変ってわけでは……」

内心ルイナにビビっているのを見抜かれていた。

クエナに誤魔化しはきかない。ルイナとは違った勘がある。

「それにジード、たまに別の場所を見ているような感じがするし」

「そうか？」

俺はこの新婚旅行を楽しんでいる。

そんなつもりはなかった。

だが、クエナが言うのなら、きっとそうなのだろう。

「ルイナもちょっと苛立《いらだ》ってるわよ。もっと集中した方がいい」

「ああ、わかった」

あまりルイナの機嫌を損ねたくはない。

なにをされるか、わからないからな。あの手この手で新婚旅行に集中させられるだろう。

それはそれで良いのだが、余計なことに気を取られないようにしないとな。

こんな風に考えながらも、クエナの忠告は俺だけじゃなくて、やっぱりルイナにも気を遣ったものだと思った。

この二人の関係はよくわからない。

◇

そのベッドはキングサイズよりもさらに大きい。

温《ぬく》もりが安心感をもたらす。

なぜ、この男といるとここまで居心地が良いのだろうか。

実の家族は怖かった。

家でも油断できなかった。

だから私は強くあれた。

なのに。

このままでは私の方が腑抜《ふぬ》けになってしまいそうだ。

でも、きっと、彼がなんとかしてくれるだろう。

私の前で上半身だけを起こしている。

水着よりも、さらに肌をさらけ出した格好で。

その彼の目線は私ではない別の方を見ていた。

眠っている、ユイだ。

ぎゅっと愛《いと》おしい彼を抱きとめる。

「新婚旅行の最中だ。他の女に見惚《みほ》れるな、ジード」

「それならユイを連れ込まない方が良かったんじゃないか？」

「寂しそうにしていたからな」

つい、そんな本音が漏れる。

建前では護衛と言っていたのだが。

しかし、そんなことはバレていたようだ。

ジードは特に意外そうにするでもなく、会話を続ける。

「クエナやシーラも連れてきてくれてありがとう」

「あいつらはメイド兼護衛として使うためだ」

「その割には自由時間が多かったよな。綺麗な景色を見せたり、一緒に泳いだり」

「仕事があれば全力で振っていたさ」

「俺には思い出を共有させる風に見えたけど？」

ジードが微笑《ほほえ》む。

まったく、この男は。

それは正解だった。

不満を溜《た》められても面倒だ。

実際に妹が本気で私を組み倒そうと思えば全然できる。

そんなことはしないと知っているが、人間は爆発するとなにが起こるかわからないものだからな。

だから、まあ。

彼女達を連れてきたのは付き人以外にも、ほんの少しだけ仲良くしたいという気持ちがあったから。

「しかし、せっかく美女や美少女に囲まれているのに、おまえの目はどこか別の場所を見ているようだな」

話を変えるため、ジードの違和感について指摘してみた。

時々ほんの少しだけ垣間見《かいまみ》える、夫の遠い場所を見るような目だ。

新婚生活の浮ついた気持ちに染まらず、かといって、私たちを置いていこうというわけでもない。

それなのに、一人だけで何かを抱えているような目だ。

「……そうかな」

心当たりがあるようで、ジードの目が伏せられる。

夫なりに反省しているようだ。

あるいは元から反省していたようにすら見える。

きっと、クエナあたりから言われたのだろう。

あいつは目ざといからな。

「私はおまえの女なのだ。わからないわけがない」

「きっと、それだけ大事なことだから……」

その言葉に苛立ちを覚えた。

ああ、私は本当に彼が好きなのだな。

たとえ、どれだけ私を大切に思ってくれていて、たとえ、一人で抱えていることがどれだけ大切でも、私以上はありえてはいけない。

激しい妬みが胸を貫く。

痛みと蠢動《しゅんどう》する鼓動を誤魔化すように、ジードを押し倒す。

「私よりも大事なものはないと教えてやる」

◇

日差しが眩《まぶ》しい。

朝は苦手ではないが、ユイはかなりのお寝坊さんで、付き合っているうちに私も少しだけ起きるのが遅くなってしまっている。

太陽も昼ほどの昇り具合だ。

休日とはいえ気を抜きすぎだろうか。

ジードも含めて、私たちの朝食は遅めだった。

「昨晩は随分とお楽しみでしたね」

クエナが食膳を用意しながらジトっとした目でねめつける。

ジードが慌てながら口を開いた。

「あっ、き、聞こえてたのか……？」

「言ってみただけよ。こんな防音仕様だとなにも聞こえないわ」

「ブ、ブラフかっ……！」

悲鳴のような声だ。

ジードはあまり知られたくなかったのだろうか。

今更のような気もする。

あるいは罪悪感なのだろうか。

彼女達を放っておいて私に傾いたという。

ここで悪戯《いたずら》をしてしまいたくなるのは、もはや人間の性だ。

「仕方ないだろう。なにせ、私はジードの妻なのだから」

「なにが妻よ。泥棒ネコの間違いでしょ？」

「はは、言ってくれるじゃないか」

私とクエナの間で火花が飛び散る。

だが、それ以上過熱することはなかった。

「ねえねえ、なんか伝達用のマジックアイテムが鳴ってるよ！」

シーラが言う。

そのマジックアイテムは小机に載るほどの大きさで、直角に折れた、半透明で薄い形をしている。

伝達用のマジックアイテムは帝都と直接繋がっていて、向こう側と連絡が取れる。

しかし、今はプライベートでお楽しみの最中なので緊急時以外は使わないように促している。

せっかく普段の気疲れを癒そうと思って来ているのだから、なるべく仕事の連絡は避けるつもりだった。

ただでさえ帝王の退位と即位の両方があって忙しかったのに……

しかし、それがわかっていない者にマジックアイテムを握らせてはいない。正真正銘の緊急事態が発生しているのだ。

机に面している方を触って操作して、向こう側の人間と繋《つな》がる。

顔や風景までは映らない。

映るものもあるが、盗聴の防止や接続の安定性など、機能性を重視したものを持ってきている。

帝王と妃《きさき》が付き人少数で行動しているなど知られても得がない。

「どうした」

「申し訳ありません。連絡は控えるようにしていたのですが、緊急事態なもので」

私が端的に伝えると、掛けてきた声の主はやや焦っているようだった。

どちらかというと、私の逆鱗《げきりん》に触れることよりも、状況の深刻さに対して震えているようだ。

「用件を」

「はい。魔族クオーツ領が再び襲撃を受けました。しかも、今回は相手が獣人族だそうで、両者は緊張状態に入っています」

聞いて、「なるほど」と返した。たしかに緊急事態だ。

以前の私なら他種族の抗争には旨味《うまみ》しかなかった。

そこを突けば大きな利益をもたらしてくれる。

しかし、今の私は違う。

アステアのことを知ってしまっている。

私の大事な人に女神が危害を加えようとしている。

今回の襲撃も策謀の一環だろう。

自然と「どうすればうまく立ち回れるか」より、「どうすれば夫のためになるか」を考えている。

不意にジードの声がかかる。

「ギルドカードでリフから連絡が来た。俺にエルフ領に来いってさ」

「あちらも情報を摑《つか》んだな」

ふと、なんだか寂しい気持ちが込みあがる。

ああ、これで別れないといけないのか。

仕方ないことなのに、心に穴が空いたような気持ちだ。

そんな私の心境を理解してか、ジードが口惜しそうな顔で言う。

「ハネムーンの続きはこの件が片付いてからだな」

私も随分と女々しくなったものだ。

昔は『きっと、私はひとりで生きていくのだろう』なんて考えていた。結婚なんてせず、帝国の礎を墓にする覚悟だった。

それがひとりの男に簡単に心を揺れ動かされるなんて想像もできなかっただろう。

「必ずだぞ」

少しだけ上ずったような声になっただろうか。

こうして約束することで、私は自分の弱みをさらけ出しているように思ってしまったのかもしれない。

でも、ジードが頷《うなず》くのを見て、そんなどうでも良い考えは自然と消えていった。

「ちょっと、私はもうメイドとかごめんなんだけど」

横からクエナがそんなことを言っていた。

◇

俺はエルフの里の入り口付近で、待ち人と対面していた。

シルレ・アールア

光沢のある銀色の髪。

緑色の目は自然豊かな場所に住まうエルフらしさを感じさせる。

彼女はエルフの長だ。

若く見えるが、人族の俺たちとは生きる時間が違う。

「お久しぶりです、ジードさん」

「ああ、久しぶり」

かつてのエルフは賢老会という組織が牛耳っていた。

彼らがいなくなってから、シルレがエルフを治めている。

というか、元々シルレが長的なポジションらしいので、元通りになったというべきなのだろう。

「どうですか？　エルフの里は？」

シルレはワクワクした様子でエルフの里の中へと俺を案内する。

人通りが多い。

かつては人を寄せ付けないしんとした雰囲気だったが、大きく様変わりをしていた。

「賑《にぎ》やかだな」

「結構変わったんですよ？　ほら、あのカフェとか一か月前にできたんです」

「ほー、そりゃすごい。今度行ってみるよ」

「……むぅ。あまり変わっていないとか思ってません？」

どうやら見抜かれたようだ。

シンプルに褒めたかったのだが、バレてしまっては仕方ない。

「だって、つい三か月前に別の依頼で来たからな」

エルフの里には度々訪れている。

ここは自然豊かな場所だから魔物も多くいる。

神樹の加護があるとはいえ、冒険者ギルドのエルフ支部には多くの依頼が舞い込んでいた。

膨大すぎる数の依頼をこなすため俺も出張ることがあるのだ。

「三か月なんて私たちからしてみれば一瞬なんです。それだけの時間でこれだけ変われるのはすごいんですよ？　だから、ジードさんには変わりゆくエルフの里を見届けてほしいんです」

先ほども語ったように、エルフは人族よりも遥《はる》かに長寿だ。

今まで生きた俺の人生は彼女達《たち》の幼少期よりも短い。

三か月という時間は彼女達からしてみれば刹那の出来事で、その限られた時間でなにかを成し遂げるのは凄《すご》いことなのだ。

「くく、その男をたぶらかすのは避けた方がよいぞ」

聞き馴染《なじ》みの声が耳に届く。

紫色の髪が膝まで伸びている。

金色の大きな瞳が可愛《かわい》い、小柄の女性。

俺の人生を変えた人でもある、ギルドマスターのリフだ。

「た、たぶらかすなんて……！」

「傍《はた》から見ていると誘っているみたいじゃったぞ。しかも積極的に」

「ですから、そんなつもりはありませんっ！」

シルレは声を大にして否定した。

リフが俺を見る。

「よっ、急に呼び出して悪かったのー」

「いいや、大丈夫だよ」

「本当か？　随分と良い場所で新婚旅行をしていたそうじゃないか。わらわに『邪魔しやがって！』などと思っているのではないか？」

心配そうな言葉とは裏腹に、リフの口元はニマニマと笑んでいる。その視線はシルレの方を向いていた。

「ああ、そういえば新婚旅行でしたか。結婚されたんでしたっけ。おめでとうございます。エルフの里を助けていただいた恩人ですから、私事のように嬉《うれ》しく思います」

なにやらシルレの目が怖い。

黒いオーラが彼女から漂っている。

言葉にも感情がこもっていない。

「け、結婚したことは前にも伝えたし、祝ってくれたのはこれで二度目だぞ……？」

「すみません。私や妹も助けてもらったのに覚えていなくて」

やっぱり全体的に圧がすごい。

忘れたことに責任を感じているのだろうか。俺は全然気にしていないのだが。そんな言葉を掛けることすら億劫《おっくう》になる。

とりあえず別の話題に移ろう……

「それで、俺を呼んだ理由は？」

「ふむ、人の目はありそうかの」

リフが一帯を見渡す。

「探知魔法を使ってる。大丈夫だよ」

「すまんの。冒険者ギルドも人の出入りが盛んになっていて、こういった街外れで話した方が逆に安全なのじゃよ」

それだけ繁盛しているということだから、嬉しさもあるだろう。

「増改築が忙しそうだな」

「まったくじゃよ」

「次にジードさんが訪問される際には作られていますからね。どうせ、数か月後とかでしょうけど」

シルレが唇を尖《とが》らせる。

「な、なるべく来るようにするから」

「絶対ですよ？」

「ああ」

普段は妖精姫と呼ばれて敬われているが、こういった素の姿がたまに垣間見《かいまみ》えて可愛らしくも思う。

佇《たたず》まいは凛々《りり》しく品性もあるが、今にも地面に文字や絵を描いていじけ出しそうだ。

「それで、おぬしを呼び出した理由じゃがの。実はしばらくはここで待機してもらいたいのじゃよ」

「待機？」

俺がオウム返しで疑問を投げかける。

「ええ。リフさんと、それから私も中立の立場で同席して獣人族と魔族で話し合いを行いました」

「今回の襲撃の件か？」

「ええ。戦争にまで発展させないよう提案し、結果として両者共に合意していただけました」

やや怪訝《けげん》に思う。

一度争いを始めたならば、まだ本気で戦ってすらいない段階で停戦の提案など受け入れられないはずだ。

仲裁した冒険者ギルドとエルフ族のメンツを考えると破棄する可能性も低い。

ということは。

「最初から襲撃や侵略が目的じゃなかったのか？」

「予想はしておるじゃろう。アステアの策略じゃよ」

「戦争を起こして混乱を引き起こそうとしていたのか？」

「うむ。しかし、獣人族や魔族とは女神アステアの情報を共有済みじゃからの。あやつらも無闇《むやみ》な行動はしたくないじゃろうて」

リフが水面下で動いているのは知っていた。

それはわかっていても随分あっさりと事態を収拾したことに驚きだ。

「襲撃した犯人は捕らえられたのか？」

「うむ。精神が錯乱しておる状態じゃったから、なにが起こったか白状させるのは難しいかもしれんがの」

「それでよくクオーツ側が納得したな」

「納得せざるをえない状況ですから。それに、獣人族側が被害分を遥かに上回る補塡をしたこともあります。獣人族は強者優位の姿勢だったため、てっきり『やられる方が悪い』と言い返すと思ったんですけどね。かなり変わってきたみたいです」

すでに問題は解決されているようだ。

しかし、そうなると余計に疑問が起こる。

「俺はどうして呼ばれたんだ？」

「うむ。アステアの所在は知っておるよな？」

「ああ、精霊界だったよな」

「うむ。精霊と呼ばれる存在たちの住まう場所こそ、アステアの住まう箱庭じゃよ。しかし、今まで行き方がわからなんだ」

リフがそこまで言うと、シルレが魔法陣を展開させた。

それは賢老会も使っていた魔法だ。

「ですが、逆はわかっていました。私たちエルフは精霊の召喚に長《た》けていますから」

精霊召喚。

エルフは他の種族よりも数が少ない。しかし、精霊は強大な存在で、有色の竜種と渡り合えるだけの力がある。それこそ、エルフが少数民族でありながらも他種族から一目置かれる理由の一端だ。

さらに、直接戦闘をする必要がないから、人員が削られることもない。たとえ戦争になってもエルフの首元まで刃が届かない。そんな理由もあったから、エルフの里の閉鎖的な環境が生まれていた。

「精霊の召喚か……そこから行き方をシンプルに考えるなら、逆召喚か？」

「おお、正解じゃよ。逆にわらわ達が飛んで行こうという作戦じゃ」

「そんな方法があったのか？」

アステアに直接干渉することは難しいとばかり考えていた。

そんな方法が取れるならアステア打倒は間近じゃないか。……と、考えたところでシルレが首を横に振った。

「いえ、残念ながらその術《すべ》はエルフにもありません」

「ん、ないのか？」

「行こうと考える人すらいなかったのではないでしょうか」

「そもそも精霊界の存在も最近になってわかったからのう。かつては精霊も人形のように作り出されるものだと思われておったくらいじゃよ」

「存在を知った後も……ご存じの通り、精霊は暴走することだってあります。ですから、あちらの世界は危険であるという認識が強かったのです」

それでも好奇心を持ったやつが研究していそうなものだが、後世に逆召喚の魔法が残っていないことを考えれば、失敗に終わったのかもしれない。

アステアの存在がなければ、俺も精霊界に行こうだなんて思わなかったはずだ。

「逆召喚の方法がないならどうするんだ？」

「任せるがよい。わらわが逆召喚の魔法を完成させてみせる。実は前から構築に勤《いそ》しんでおったのじゃよ。褒めろ褒めろ〜」

両手の親指を立てながら俺に向けてくる。

もはやリフの用意周到さには感服する他ない。

「じゃあ俺がここに呼ばれたのは護衛か」

「そんな感じだがの、アステアの監視から逃れる目的もある。普段から阻害の魔法を幾つも行使しておるが、どこまで見ているのやら」

アステアと触れ合ってきた人々の言質で判明した事実だ。

アステアは俺に干渉できない。

見ることも聞くこともできないそうだ。

理由は俺の体質だと言われているが……。

「つまり、俺がリフの近くにいれば研究がバレないってわけか？」

「正直なところ、かなり甘い計画です。ジードさんがここにいることが逆に注目を集める結果にもなりかねません。アステアも気がついていると思った方がいいでしょうね」

「うむ。しかし、多少露骨でも一気に推し進めなければならぬ」

アステアは魔族と獣人族の抗争を誘発させた。

もはやアステアが大陸全土に牙を剝《む》くことは確実だ。

事実、今までも破壊活動に一切の躊躇《ためら》いがない。

抵抗勢力を強制的に取り除こうとするのは必定で、それはつまりリフの死を意味する。

なら、俺はリフを守るだけだ。

リフは俺の大事な人で、絶対に失いたくない人だから。

「ちなみに開発まで時間はどれくらいかかりそうなんだ？」

「こればかりは大天才のわらわでも分からんの。がんばってみるが、かなり長期戦になるかもしれん」

きっと、リフも休暇中の俺を呼んだことは不本意だっただろう。だが、そのリフが計画を進めたということは佳境が見えているはず。

「わかった。俺が絶対に守るから、リフは安心して魔法構築に挑んでくれ」

「頼もしいのう。では、しかと守ってくれよ」

リフの小さな拳が突き出される。

拳で、俺もそれに応えた。

◇

私——シルレ・アールアは、往来をジードさんと歩いている。

この往来も以前はそよ風の音が目立っていた。人の声なんて滅多に聞こえず、どこか閉塞感があった。

けれど、今では充分すぎるほどの賑《にぎ》わいだ。

大陸の各地から珍しいものを運んでくる旅人や、エルフの特産を売る露店、大道芸人の周囲は見物人で溢《あふ》れていた。

隣を歩いているジードさんにも楽しんでもらいたいのだけど、なんだか遠慮気味だ。

「本当にいいのか？」

「なにがですか？」

「本当に……家に泊まっていいのかなって」

「ええ、是非ともうちに泊まってください。ラナもそうして欲しいと、かねてより願っていました。リフさんが魔法構築をするための場所も家と近いですから、逆にうちに滞在しなければ万が一の時に対応できませんよ？」

そんな会話をしていると、私の家に着く。

ドアを開けて中に入る。ジードさんも続いた。

リビングからひょこりと小さな顔が覗《のぞ》く。私と同じ銀色の髪に、私と違う青い瞳。

「わー！　久しぶり、ジードさん！」

「久しぶ……ぐほっ」

ラナがジードさんに飛びついた。見ようによっては戦闘行為とすら勘違いしそうな突撃だった。

三か月なんて私たちからしてみれば一瞬のこと。

たったそれだけの時間が過ぎた程度では「久しぶり」なんて使わない。よほど待ちかねた人でなければ。

きっと、そのことをジードさんは知らないだろう。

「こら、ラナ……迷惑でしょ」

「えへへ。ごめんなさい」

ラナはジードさんの何倍も生きている。

けれど、傍《はた》から見れば歳《とし》の差がある兄妹のような体格の違いをしている。それがエルフ族と人族の差異を表していた。

「俺なら大丈夫だよ」

「さすがジードさん！　身体《からだ》が頑丈だもんねー！」

「ああ、鍛えられてるからな」

ラナがジードさんの胸板を触る。

こういったスキンシップに躊躇《ちゅうちょ》をしない点はすごい。私はおしとやかに生きるように心がけているから、ここまで積極的に動けない。

「あ、そうだ。ジードさん」

「ん？」

ラナが一歩離れる。それからニマニマとはにかんでいた顔が恥じらいを見せる。同性の私でも「可愛《かわい》い」と感じてしまう雰囲気を醸し出していた。

「お風呂にしますか？　お夕飯にしますか？　それとも、わ・た・し？♡」

可愛い。

たしかに可愛かった……のだけど……。

腰をくねくねさせたり、両手をきゅっと握って顔の近くに寄せたり。

そういえば最近ずっと部屋から独り言が聞こえているようだった。おそらく、これを練習していたのだろう。

違和感という違和感はないが、かなりわざとらしいのではないだろうか。

これではジードさんもさすがに構えてしまうのでは……と、思っていたのだけど。

「じゃあ、ラナで」

すごい簡単に注文したー！！！

う、うそでしょ……？

いや、あの。ここでその選択ができるような人だっけ!? それともそういう感じになったの!?

思わず気が動転してしまいそうになる。

「やた～！」

「実はちょうど持ってるしな」

「もー、ジードさんってば準備がいいんだからっ！」

えっ。

持ってるってなにを？ いったいなにを持ってるんです？

ラナも顔を赤らめてるけど……！

ちらりと、ジードさんが私を見た。

「シルレもどうだ？」

それって三人でってことですか!?

私は思わず顔を逸《そ》らしてしまった。

「ふ、不潔です！ 勝手にやっていてください！」

本当はしてみたい。

けど、急に誘われては拒絶してしまうに決まっている。

じんわりと後悔が心を蝕《むしば》む。

私を置いて、二人はさっさと部屋に入って行った。

……うぅ。

あれからリビングにいる。

やはり、気になってしまう。

二人だけでなにをしているのだろう。

だって、ジードさんはまだ家に来たばかりなのに。

(いや、よく考えれば、そうだ)

ジードさんには家の案内をしていない。

どこの部屋で寝泊まりしてもらうとか。

食事はいつ出すかとか。

うん、そうだ。

お話をしなければ。

だから私がラナの部屋を覗いたのも別に不健全な興味があるわけではないのだ。

「ちらり」

部屋の扉は小さく開かれていた。

中の光景が微《かす》かに見える。

そこには……

裸体の二人がくんずほぐれつ……

ラナの小さな身体を包むように……

というわけはなく。

「よし、俺の勝ちだな」

「むーーー、負けたああぁっ！」

ラナが札らしきものを宙に投げて悔しがっている。

札には多様なマークが付けられており、なにかしら意味があると想像できる。

……これは！

「私の想像と違う！」

思わず声を張り上げる。

ビックリした様子でラナがこっちを見た。

バレてしまったみたいだ。

「お、お姉ちゃん？　どうしたの？」

「シルレも遊ぶか？」

「い、いえ、大丈夫ですっ！」

ラナを選んだのって。

本当に遊ぶためだったみたいだ。

不潔なのは私のほうだった……。

◇

シルレもラナも寝入った。

守衛の眠たそうなアクビと、夜行性の魔物の気配だけが感じられる、満月の夜。

エルフの里は光が乏しいからか、満天の星が見える。

シルレは里の発展に勤《いそ》しんでいるが、こういった長閑《のどか》な雰囲気が俺は好きだ。無理に騒がしくする必要はない。

エルフの人々もいきなりうるさい場所になっては堪《たま》らないだろう。

まぁ、そんなことはシルレも重々承知しているはずだし、わざわざ俺が口を出すことでもない。

地面を穿《うが》った大木の根に腰掛けながら空を見上げる。

(この綺麗《きれい》な夜空を誰か見ているだろうか)

精霊界にも同じような場所があるのだろうか。

「ふ～、ずっと家にいると身体が凝るのお」

背後からリフがやって来た。

普段の快活で高い声ではなく、どこか忍ぶような寂声だった。きっと夜だからだろう。

凝った身体を解《ほぐ》すように肩を回している。

「お疲れさま」

「うむ。ほれ、老人の肩を揉《も》めるのは若者の特権じゃぞ」

言いながら、リフが俺の前にちょこんと座る。

若々しい髪質に、肌。

発する声だって女児のものだ。

「老人ってほどか？」

ツッコミながら、リフの肩を揉む。

凝っているようには感じられない、柔らかい感触だ。

しかし、リフは気持ちよさそうに喉を鳴らす。

「う〜、もっと内側を揉んでくれ〜」

「ここかい、リフお嬢ちゃん」

戯けたように言う。

すると、リフは気持ちよさそうな声のままに口を尖《とが》らせた。

「言ったじゃろう。わらわは二世代も前の賢者なのじゃぞ。きっと、お主の祖父や祖母よりも歳《とし》を喰《く》っておる」

「爺《じい》ちゃんも婆《ばあ》ちゃんも知らないからなあ」

「くっく、アステアの下に行けばなにか摑《つか》めるやもしれんぞ？」

「知ったところで今更って感じはするけど、楽しみにしておくよ。その余裕があれば」

「そうじゃのー」

　本当に行けるのか、あるいは行けないのか。

　そんな話じゃない。

　あのリフが作るといったら、逆召喚魔法は本当にできるだろう。

　十年後の自分を召喚する魔法なんてものを作ったのだから、それくらいできてもおかしくない。

「ああ、そうじゃ。一応言っておくと、わらわはもう長くない」

「長くない？」

「うむ、寿命じゃの」

　突然の告白に呼吸を忘れる。

　肩を揉んでいた手が止まっていた。

「寿命って……リフ、何歳なんだ？」

「乙女に歳を聞くでない。がんばって若作りをしておるのじゃぞ」

「冗談で聞いたわけじゃない。だって。リフなら延命する手段はいくらでもあるだろ？」

自分の声が震えているのに気がつく。

どんなに寒くても、どんなに怖くても、どんなに辛《つら》くても、声が震えたことなんてなかった。いいや、きっと人生の中で幾度かあっただろうけど、もう覚えていないくらい遠い昔の経験だった。

「あるわけなかろう。人は命数には抗《あらが》えん」

「でも、レイニースは？　二代目の勇者は今まで生きていたんじゃないのか？　リフもそれくらい……何百年だって生きられるんじゃないのか？」

「それがどうやっても無理そうなんじゃよ。身体《からだ》の部位ごとに寿命があって、わらわの魔力を若さに変換するときの負荷にもう耐えられそうにない」

「なら……代わりの術《すべ》を」

諦めが悪いのは俺の美点だと思っている。

俺はワガママなんだ。

でも、できることやできないことがあるのも知っている。

だから抽象的な表現でリフに意見を促すしかできない。

無力だと知っているから、なんとか抗いたいという気持ちだけが前面に出ている。

それはたぶんリフにとっては迷惑かもしれないけど――

「お主の気持ちは嬉《うれ》しい。が、すまんの。お主よりも先に逝くことになる。安心せい、草葉の陰でずっと見守っておるからの」

「だれかに寿命を延ばす研究をしてもらえないのか。魔力変換以外に若さを取り戻す手段はないのか？」

「試しておる。指示も出した。レイニースという実例がある以上は不可能ではなかろう」

「どうして……なら、なら……っ！」

「十年後の自分を召喚する魔法を覚えておるか」

リフはずっと穏やかな口調だ。

取り乱しそうな俺の気持ちは、冷や水をかけられたように静まり返る。

「ああ、覚えてるよ……」

「わらわも試した。あの魔法を行使したのじゃ。しかし、結果はなにも起こらなかった。

その意味がわかるか？」

「十年後の自分がいない……死んでるってことだろ？」

「うむ。未来のジードの反応を見ても、わらわが死んでいることは間違いない。そして、それはおそらく逆召喚魔法を完成させてからのことじゃ」

「完成って……いつ？」

「わらわの命から逆算すると、まあ一か月以内じゃろうな」

いやだ。

リフは俺の恩人だ。

一緒にいてすごく楽だ。

きっと、いなくなると俺の心に穴が空く。

俺が死ぬまで生きていて欲しい。

俺が死んでも生きていて欲しい。

「助かる方法を探そう。逆召喚魔法なんて研究している場合じゃない」

「そう悲しそうな顔をするな」

リフが振り返って、俺の両頬を小さな手で押し込む。

俺の口が不自由になる。

両頬に圧迫されて舌や歯が動かしにくい。

これ以上、俺に喋《しゃべ》って欲しくないのだと感じた。

珠玉のような潤んだ瞳を見て、悟ってしまう。

「すまんの。ほんに、すまんの」

リフも悩んだんだろう。無茶をしてでも自分の寿命を延ばした方がいいと。

けど、もしも失敗したらどうだ。

「お主はなぜか親しみやすい。初めて会ったときから初対面ではないような気がしておっ

た」
リフがいなくなったら逆召喚魔法は誰が研究する。
エイゲルか？
まだ見ぬ新世代か？
その前に俺が死んだら？
リフは俺以上に未来の可能性を考えている。
そのリフが今しかないと見込んだんだ。
自分の命に替えてでもやるしかないと。
「わらわも本当は喜びを共有して、悲しみを分かち合って、ずっと傍《そば》にいたかった」
俺がワガママを言えば、リフは足を止めてしまうだろう。
だから俺に喋らせないようにしたんだ。
それでも俺はワガママを言いたい――
が、その前に第三者の気配が現れた。
「――ここにいましたか！　大変です！」
シルレが声を振り立てる。
時間帯など気にしていない、それどころではない。そういった様相だ。
「ウェイラ帝国の首都が陥落しました……！」

首都にはルイナがいる。

もちろん、クエナやシーラもいる。

ユイも、ネリムも。

リフが俺を見る。

「どうする？　行くか、ジード？」

慎重で、探るような鋭敏な眼差《まなざ》し。

ああ、そうか。

リフは俺にも覚悟を求めているのだ。

……なら、そうだな。

「言ったろ、俺はリフを守る」

「よいのか？」

「ああ、みんなを信じてる」

「そうか」

リフが安堵《あんど》したような顔で俺を見る。

俺とリフの話を聞きながら、シルレは依然として息巻いている。

「でっ、ですが、長いエルフの歴史でも、たった一度しか召喚に成功したことのない精霊の目撃情報もあって……！」

「大丈夫だよ、シルレ」

俺が諭すように言うと、シルレの勢いは止まった。

大丈夫。

この数か月なにもしなかったわけじゃないんだ。

◇

ウェイラ帝国の陥落は精霊の大規模侵攻によって成し遂げられた。その中には黒い怪物

フィガナモスも存在している。

だが、防衛部隊と民間人を含めて犠牲者は従来の戦争等と比較すれば少数であり、人々

が迅速に避難を終えて空になった都を落としたに過ぎない。

「本妻の私を守りたまえ、未婚の女子たちよ！」

ルイナがユイに背負われながら叫ぶ。

彼女の背後にはクエナとシーラがいた。

四人は森の中を駆け抜けている。

彼女達《たち》のさらに背後には黄褐色の蜘蛛《くも》がいた。

特徴的なのは、その巨体だ。

つま先が地面を突く。それだけで木々は揺れ倒れ、頑強そうな根や岩に穴が空く。

口から垂れる毒液は土を焦がし、臀部《でんぶ》から放出される糸は後続の帝国軍の援軍を寄せ付けない。

「怖すぎて壊れてるの!? ここで私たちを怒らせてなんの意味があんのよ!」

「ぷくぅ」

「ほら、さすがのシーラも頬を膨らませて怒ってるわよ!」

「ちがう」

クエナの言葉にユイが反論した。

「じゃあどういうこと!?」

「さっき」

ユイが言葉を区切る。

「それだけだとわからないって! 私はジードじゃないのよ!」

「作ってた」

「もっと早く喋りなさいよ! 状況わかってる!?」

「ごはん」

「まあまあ妹よ、もう少しだけ喋らせてみよう。ここまで長く喋っているのは珍しい」

焦れるクエナに、ルイナは落ち着くよう促す。

ユイが続ける。

「頬」

「いやいや、わかってる!? 後ろから精霊が迫ってんのよ!?」

「落ち着け。『さっき作ってたごはん頬』まで喋ったんだ。あと少しだ」

そして、ユイが最後の一言を切り出す。

「入れてる」

「なるほど。怒っているのではなく、ハムスターのように頬に食べ物を詰め込んでいたのだな」

ルイナが神妙に頷《うなず》く。

それからシーラが満面の笑みで両手を広げた。

「食べ終わった！」

「もういやだこのバカ達！！！」

クエナの絶叫が森に轟《とどろ》く。

時を同じくして、蜘蛛を象《かたど》った精霊の進路が大きく変わる。

それは第三者によって意図的に覆されたものだ。

「なにやってんのよッ！」

青い髪の持ち主が、空間を引き裂かんばかりに大声で疾呼する。

ネリムだ。

「遅いわよ！」

「あんた達が先にばらけたからでしょ！　この蜘蛛のせいで迂回《うかい》しなきゃいけなかったし！」

「はっはっ！　いいから進め！　仮拠点はもう設定されているのだからな！」

五人目が合流し、一行は森の奥へとさらに進んでいく。

首都は陥落した。

しかし、ウェイラ帝国はまだ滅んではいない。

◇

仮拠点には準首都クラスの都市アーデナルが選定された。

ラウンドテーブルが用意されている会議室で、紙の束が所狭しと地面すら埋め尽くしている。

その部屋にルイナとクエナがいた。

「帝国の被害状況はどうだ？」

「あらかじめ予想していた事態だったしね。かねてより行っていた避難訓練が功を奏したのもあって、防衛計画も順調……けど、民間人だけでも被害は千を超すかもね」

クエナが苦々しい声を漏らし、ルイナも渋く眉をひそめた。

「それほどか」

「健闘しているほうよ。ウェイラ帝国や神聖共和国と同様に、列強国のひとつに数えられていたメトスタリア王国とは連絡すら取れないもの」

メトスタリア王国は人族の領土の最南部に位置する国家だ。肥沃な大地に育てられた屈強な騎馬兵が多い。

立地的な問題からウェイラ帝国と直接的に戦うことはなかった。しかし、仮に戦争をしていたらウェイラ帝国も全力を注がねばならないほどの精強な国家だ。

それだけの国の状況が不明とは、ルイナもあまり信じたくはなかった。

「連絡が取れないのは混乱しているからじゃないのか？」

「全貌はわからないわ。でも流れてきた避難民から聴取したの。正直もう国家としての存続は期待できそうにないわ」

「警戒するように伝えていたのだがな」

「もちろん、油断はしていなかったでしょ。でもこの結果は、ウェイラ帝国の対応が良すぎただけ。各地方に食料の備蓄を用意したり、獣道だった場所に至るまで整備して連絡網を張り巡らせたり、避難民の誘導まで混乱せずにやれたのはうちだけよ」

今回の侵攻は予期していた。

だから帝都まで囮《おとり》にしたのだ。

象徴たる場所を失うことは非常に痛手だ。

とはいえ、帝都を切り捨てることで中枢や連絡網、政務が麻痺《まひ》することを防げた。

この戦闘分野における苛烈な決断はルイナの持ち味だった。

「そうだな。ここまでは良しとしよう。どちらにせよ、反省は後だからな。今は敵が連携しているという問題を考えるべきか」

「もう軽く軍隊ね」

精霊たちは大陸全土を侵食せんばかりの勢いだ。それは個々の圧倒的な強さだけではなく、何らかの意思の下で統率のとれた行動をしているためだ。

当初の計画では帝都を代償にして精霊を殲滅《せんめつ》する腹案も用意されていたが、それもなしえなかった。

その計画すらも相手に知られていたか、警戒されていたことになる。

「ども～っす」

白い髪の少女が部屋に入る。

クエナもルイナも、彼女の姿には見覚えがある。

「エクか」

「お疲れ様」

「うっす。摑《つか》んできましたよ～、情報」

エクはルイナ子飼いの情報屋だ。

優秀な人物で、クエナにも情報を提供している。

今回の精霊侵攻ではエクも動いていた。

「精霊たちの出どころね。どこだった？」

「エーデルフィア森林地帯っす。Cランクに指定されている危険区域っすね」

「帝国とクゼーラ王国の国境近くね」

「と、なると対処もしやすいな。これが海面や天空であれば移動経路そのものを見直さなければいけなかった」

ルイナの心配がひとつ消えた。

いくらルイナが戦上手だとしても、これまでの敵は同じ人族。人の常識ではありえない未知の戦略を繰り出されてはどうしようもなかった。

「それがっすね。まだあるんすよ」

「なにがだ？」

「司令塔らしいやつがいました。そいつが大陸全土の地図を表示させてたり、その地図を使ってなんか指示していたんで、ほぼ間違いないと思うっす」

「やっぱりいたのね。じゃなければ、これだけの連携はさすがにおかしいわよ」

先ほどの会話を思い返しながら、クエナが頷く。

「……それで、その司令塔らしきやつはアステアだったのか？」

ルイナが真剣な面持ちで尋ねた。

場合によっては一発で決着がつく話だ。

エクは思い出すように上を見て、やや嫌悪の顔つきになった。

「んー、あれが女神アステアとは思いたくないっすね。人間とは程遠い化け物でしたから」

「私もアステアじゃないと思うわ。精霊界にいた方がぬくぬく安全に過ごせるだろうしね」

「そうか。しかし、司令塔は早期に叩《たた》く必要があるな」

「そっすね。他の精霊を無尽蔵に生み出していたんで、放っておくのはおすすめしないっす」

あらかたの情報を聞き終え、ルイナは一拍置いた。

「よく生きて帰ってきてくれた。褒美はなんでも渡そう。欲しいものがあれば言うといい」

「今回は本当にギリギリだったんで報酬はマジで弾んでください。てか、貴族にしてください。伯爵くらいになりたいっす」

エクは重荷から解き放たれて、気の抜けるような声音を出した。それだけ生還したことや成功した喜びを感じているようだ。

気楽になったために帝王の妃に対して気軽どころか無礼な物言いをしてしまっていた。当然、貴族になれるとは思っていない。

だが、ルイナは重く深く首肯してみせた。

「ああ、わかった」

「んぇ⁉　ほ、ほんとうっすか⁉」

まさか了承されるとは思ってもいなかったようで、エクが身を乗り出す。

ウェイラ帝国の伯爵となれば相当な地位だ。

貴族に与えられる権限だけで膨大な経済力と軍事力が手に入る。伯爵ともなれば小国の王になった気分だろう。

そんなもの気軽に約束される話ではない。

しかし、エクは知っている。ルイナは一度口にしたことを安易に反故《ほご》にはしない。

「良かったわね、エク。……本当に良かったわ。あなた以外の情報屋や諜報《ちょうほう》組織は誰も帰ってきていないから」

ウェイラ帝国の諜報機関も含めてね、とクエナが更に付け加えた。

エクの挑んだ仕事がどれだけ難易度の高いものだったか。クエナとルイナの厳粛な表情を見れば察しはついた。

「そうなった時にはユイさん率いる隠密《おんみつ》部隊が動いていたでしょうから、それはそれで見てみたかったたっすね。あ、もう違うんでしたっけ？」

「ああ。でも、そうなったらユイにまた動いてもらっていたかもな」

ルイナとしてもあまり想像したくないことだった。

諜報機関や優秀な情報屋が帰還しないということの状況だ。

それは任務が高難易度であることを示す。

必ずしも全滅したわけじゃない。逃げ出した人間も少なからずいるだろう。

だが、ユイの真面目な性格から考えると逃げ出すことは想像できない。そうなれば決死の覚悟で情報を持ち帰ろうとするだろう。

ルイナもあまり出したい命令ではなかった。

「エク、それじゃお疲れ様だったわね。もう下がっていいわよ」

「次に会う時は臣下としてがいいっすね」

「ああ、楽しみにしているよ」

「うい」

エクが部屋から退出する。

それからルイナがマジックアイテムを展開した。

「イラツ達《たち》を呼べ。軍隊の編成と、各国に連絡を」

戦争が始まる。

大陸全土をかけた精霊界の戦争だ。

◇

都市アーデナルの一室でクエナとルイナは隣り合っていた。

なにをするでもなく、ただ出陣の時を待っている。

二人が居合わせたのも偶然で、特に理由があったわけではない。

「クエナ、本当はおまえを最前線に送るのは躊躇《ためら》ったんだ」

「ジードのご機嫌伺い？　私はそう簡単にやられないわよ」

「ん……ああ、そんな感じだ」

ルイナが言い淀《よど》む。

目を伏せて、まるで弱々しい乙女のようだ。

クエナは「らしくない」と思った。結婚してからルイナは打ち解けやすくなった。だが、
これではまるで、

「なによ、その反応は。あんたが私を心配しているみたいじゃないの」

まるで、などではない。

クエナは確信をもって、ルイナが身を案じているのだと感じた。

だが、今更になって自分達が仲良しこよしをやれるとは思えず、それがなにか不幸を呼ぶフラグのようになりそうだと感じて避けたかった。

ルイナも察したのか、見下ろすように頭を傾けた。

「驕《おご》るなよ。自分にどれだけの価値があると思っているんだ。私の護衛が減ってしまうことを危惧しただけだ。考え直してみると、こっちにはユイがいるから無用な心配だったがな」

「はいはい」

いつも通りの調子に戻って、クエナはため息交じりに笑む。

「……」

「……」

二人の間に静寂が訪れる。

それは奇妙な時間だった。

出陣の時刻まで一緒にいる必要はない。

やはり、変だった。

先に口を開いたのはルイナだ。

「死ぬな。世界は崩壊の寸前にあるが、おまえがいなければつまらん」

「はぁ、どっちかにしてよ。私のことが心配なの？」

「ああ、心配だとも。おまえにどれだけの価値があると思っている」

真摯な眼差《まなざ》しだった。

クエナは小さく息を呑《の》んだ。

「ねぇ、この戦いが終わったら私にもご褒美をちょうだいよ」

「がめついな。もうその話か？」

「ええ、どうせ、この戦いもすぐに終わるわよ」

クエナの堂々たる表情には確固たる自信が宿っていた。それに鼓舞されて、ルイナも胸が熱くなる。

「いいだろう。なにが欲しい？　おまえは王族に連なる血筋だから、大概の願いは叶《かな》うだろう。この侵攻で多くの犠牲者が出たから領土も余る。公爵にでもしてやろうか」

現在の被害状況だけでも悲惨な全容を推察するに難くない。瓦解した国も含めれば大陸の国家の勢力図が塗り替わると予想された。

しかし、クエナは首を横に振った。

「バカね。故郷を追われた人も、きっと復興を頑張るはずよ。土地は余っても、きっと各国の領土は大して変わらないわ。昔のあなたなら強欲にとっていたでしょうけど」

「むっ」

なぜだか、ルイナは少しだけ苛立《いらだ》ちを覚えた。

バカと言われたからか。

あるいは自分の考えを否定されたからか。

「結婚式を手配して」

ルイナの苛立ちは、クエナの言葉で霧散する。

クエナの透明感ある雰囲気に気圧《けお》された。

「名声や領土よりも、男を選ぶか」

「同じ人が好きなんだから気持ちはわかるでしょ？」

「動機は違うだろうに」

「根っこは一緒よ」

クエナが活《い》き活《い》きと頬をほころばせる。

普段なら「妻は私一人で十分だ。宮廷外でなら好きに愛人を作ればいい」と断っていたかもしれない。

だが、今のルイナにネガティブな言葉は浮かばなかった。

「わかった。必ず帰ってこい」

「ええ、もちろん」

クエナとルイナはこれまで見せ合ったことのない笑顔を交わした。互いに心の底から健勝を祈り合っていた。

「──私この戦いが終わったら結婚するんだっ」

「わっ」

「おっと」

横から茶化すような軽快な声が届いた。

突然現れたシーラがクエナとルイナの肩に手を回している。その衝撃で二人が驚きの声を上げた。

「立ってるねぇ、死亡フラグ！」

「やめてよ。言っててちょっと思ったんだから」

「金髪の。いくらおまえが優秀でジードに可愛《かわい》がられているからといって、肩を回すのは無礼だぞ」

言いながら、クエナとルイナの背筋が凍る。

シーラからどす黒い雰囲気が漂ってきたからだ。

「もー、二人とも冷たいなぁ。私を置いて結婚の話とかしてたのに。私ね、実はちょっと怒ってるんだよ。ルイナさんが勝手にジードと結婚したこと。また置いてけぼりなんてイヤだなぁ……ここで始める？　刃傷沙汰《にんじょうざた》」

その圧は凄《すさ》まじい。

偶然にも外の廊下を歩いていたネリムが怯《ひる》んでしまうほどだ。

そんなものを至近距離で浴びせられた二人は堪《たま》ったものではない。

「「す、すみません」」

ルイナが心の底から吐き出すような謝罪をしたのは人生でこれが初めてだったかもしれない。

◇

敵の司令塔は便宜上『キング級』と命名された。精霊には固有の名称があるが、キング級は歴史的に見ても確認されたことすらない種類だ。そのため、大将首の意味も込めてそう名付けられた。

そのキング級が発見されたのはエーデルフィア森林地帯だ。一部では人族による開拓も進んでいるが、多種多様な生態系を培いながら自然の姿を維持していた。

しかし、今や精霊に蹂躙《じゅうりん》されて生態系の強者である魔物の姿形すらどこにもない。

もはや精霊の独壇場だった。

そんな場所に三十万を超す人族国家の混成軍が群れをなしている。既に先端同士が戦い合い、昼間だというのに煙霧によって薄暗い。

統一された指揮系統はあるが、基本的な作戦以外、戦場での判断は各部隊に一任されている。

それはどのような戦場になるか想像がつかないという理由もあるが、三十万という大軍勢でしかも急造の混成軍だったたからだ。

たった一体の精霊を倒すためだけに種族や国境を越えて猛者たちが集った。

彼らの中には腕に自信がある者も多いが、勇気を振り絞って参加した者もいる。一方で彼らを信じて護国のために残っている者もいる。

ゆえに全種族を集めるだけ集めても三十万しかいない。

それでも突然の襲撃にこれだけ集まれたならば立派だろう。

「すごい数ね」

クエナが言う。

実際、数だけでいえば大規模だった。

三十万の軍勢で巨大な森林を囲い込んでいるため、まるで地平線まで戦場が続くような錯覚すら生まれる。

隣にいるシーラが口を開く。

「ネリムもあっちで戦ってるねっ」

遠方でネリムが精霊を薙《な》ぎ払っている姿が確認できた。

クエナ、シーラ、ネリム……そのほか、突出した一個人は独立した遊撃兵として動くことを許可されている。

ギルドでは他にSランクのトイポ、レーノーも独立戦力として参戦している。

しかし、ソリアやウィーグのような国家の重要人物は祖国の防衛に当たっているため参戦していなかった。

「もう森が壊れそうな勢いね」

トイポの大規模な魔法によって地面が絨毯《じゅうたん》のようにめくれている。

そして大地から溶岩の巨大津波が噴き出て精霊たちを襲っていった。

だが、その地形を変える大魔法も精霊の魔法によって打ち消され、溶岩は時間を巻き戻したように元の場所に戻っていく。

「見たことのない魔法の応酬だねー！」

戦場は荒れに荒れている。

その中でひときわ目立ったのは黒色の精霊だった。

『フゴォォォオオオッ！』

フィガナモス。

それはジードとルイナの結婚式に現れた怪物だ。

百を超す兵の縦列を手の一振りで散らす。

生物としての次元が違う。

だが、何にでも例外というものが存在する。

「うおおおおおおッッらあああああッッ!!」

突然発せられた怒号と共にフィガナモスの巨体が森林を縦断する。残った跡で、フィガナモスは殴り飛ばされているのだとわかる。

「あれ獣人族の王様じゃない!?」

「そうね。オイトマよ」

この戦場でも一際目立つ人物だった。

獣人族の領地も精霊の侵攻によって戦場になっている。しかし、それでも精霊を潰しに前線へ来た、獣人族の王。

圧倒的な破壊力と存在感で戦況は一気に傾く。

かと、思われた。

精霊の大群であっても、フィガナモスほどの強さを持つ個体はそういない。それゆえ、数体程度しか確認されていないはずだった。

『グゥゥ!!』『ヌゴゥッ!』

だが、ここに来て二体のフィガナモスが増援に来る。

オイトマは一撃も強く、速度もある。

だが、フィガナモス二体の手から絶え間なく攻撃が繰り出され、一撃でも喰《く》らえば相当なダメージは必至。

オイトマも防戦一方になる。

周囲もフィガナモスとオイトマの戦いに手を出せない。

力量差がありすぎる。

「ねぇ、クエナ」

シーラがレイピアを握る。

増援に向かおうと言うのだ。

「待ちなさい。見て」

クエナは冷静に状況を判断していた。

フィガナモスはオイトマ以外に反応を見せていなかった。槍《やり》が投げられようとも、岩が降り注ごうとも。自らの身体《からだ》が頑強であることを知っているからだ。人間なら致死の一撃でも、フィガナモスにとっては埃《ほこり》が舞う程度のものだと知っている。

だが、

「あははっ！　苦戦してるねぇ、オイトマくん！」

その高い声にはフィガナモスが振り返って反応した。

戦場に現れたのはもうひとりの王だ。彼は決してそれを認めようとしないが、魔族においても、フューリー以上の適格者はいない。

「遅い！」

オイトマが叱る。後から来て戦闘中の者をあざ笑うような態度に怒るのはもっともだった。

だが、フューリーにも言い分はあった。なにより、来たからには仕事はしっかりこなす。

「悪いって、こっちにも精霊の侵攻があってさ。『円転一脱《リーレリア》』」

フューリーを中心に広がった魔法陣は刹那の間に局地戦が起きている一角を包み込む。

人間や大地までもが一瞬だけ覆る。まるで天地が逆転するような景色となった。だが、それらは全て元通りになる。一部を除いて。

『ギァッ!?』

フィガナモスだけが逆さまの状態で宙に取り残されていた。

頭は地面を向いていて、手は空を見上げている。

変化した状況に当惑しているのが見て取れる。

「ほら、オイトマくん！」

「指示をするなっ！」

フューリーのアシストで、オイトマへの攻勢に隙が生まれる。それを見逃すはずもなく、フィガナモス二体は、やはりオイトマの一撃を喰らい、森を縦断する結果となった。

二人の王の襲来によって、精霊群の縦隊に穴が空く。そこを縫うようにして討伐軍が入り込み、穴をこじ開けていった。

戦況は依然として混成軍の有利に変わりなかった。

「じゃ、行こっか」

「うん！」

自分たちがいなくとも戦場は安心だ。

それだけわかると、クエナとシーラは全力で駆け出す。

狙うはキング級の首だけ。

——彼女達《たち》の速度は誰の目にも留まらぬほどだった。

オイトマとフューリーが肩を並べる。

魔族の王と獣人族の王が肩を並べる。

歴史的に見ても、類を見ないことだった。

「不思議な感覚だな」

「まったくだよ。ここまで多くの種族が手を取り合うなんてさ。ここにジードくんもいれば面白かったのに！　ま、でもこの光景だけでも魔族領に置いてきた同胞に見せてあげたいな」

「そうだな。しかし、置いてきた同胞たちだからこそ安心して領地を託せるのだ」

オイトマの脳裏にあるのは成長したロニィやツヴィスだ。フューリーも信頼している仲間の姿を思い浮かべていた。

だが、悠長に想像に浸る時間はない。ここは戦場だ。しかも、なにが起こるか不明の人知を超えた戦いなのだ。

『ルゥゥゥオオオッ！』

傍《はた》から見れば甲冑《かっちゅう》を着た騎士のような精霊だ。それが青色、黄色、赤色、緑色、茶色、白色などの様々な色合いの数だけ存在する。

それらが剣や斧《おの》などの武器を片手にオイトマ達に襲い掛かる。しかし、彼らに触れることすらなかった。

強固な鱗《うろこ》に守られた魔物——有色種の竜が参戦する。

「ぬおおーい！　ジードはいないのかー!?」

大きな声で叫ぶのはロロアだった。

戦場はさらに強大な戦力が参加し、混迷を極めていく。

◇

エーデルフィア森林地帯はほぼ人の手が入っていないながらも観光資源として期待されるほどに豊かで、元気な草木が生い茂る土地だ。

しかしながら、そんな場所でひときわ不自然な場所がある。

森林の中央地帯にハサミで切り抜かれたような円形の荒野が広がっている。

天候不順によって発生した雷雨が森を焦がしたものでも、干上がった沼地というわけでもない。

エーデルフィア森林地帯を拠点にしている精霊が作った場所だ。

『……』

キング級。

それはフィガナモスに似ていた。

あるいは精霊が成長した先の究極体がこの形になるのかもしれない。

違いとして真っ先に挙げられるのは色だった。

本能的に汚すことが許されないと感じてしまうくらいに美しい純白だ。

次に、まるで天使を思わせるような翼が生えている。

しかし、その翼はよく見ると複数の手が絡み合ってできた歪《いびつ》なものだ。

「あれがそうね」

キング級の下に辿《たど》り着いたのはクエナとシーラの二人だけだった。

シーラは後ろを振り返りながら口を開いた。

「どうする？　他の人が来るの待つ？」

キング級の力が不明である以上、その警戒は真っ当なものだった。

「いえ、もう始めるしかないでしょうね」

二人が眼前にいる精霊をキング級だと理解した要因は複数ある。その中でも主なものは二つだ。

ひとつは事前に情報を入手していたからだ。その姿形は正しく本物で、見た目だけなら疑う余地はない。

そして、もうひとつはクエナが戦闘を早めるよう判断した理由でもある。

精霊の供給。

『……』

キング級の手がうねうねと蠢動《しゅんどう》している。時に手で円形を作ったり、地面に魔法陣を展開したり。

一連の動作に何かしらの意味があることは明白だった。

『キュゲェェェェァアア!!』

仰々しい牙を生やした、体軀《たいく》二メートルはあるカラスのような精霊がどこからともなく現れる。

それが翼を広げただけで鋭利な羽が飛び散る。草は切断され、木々にはピンと伸びた羽が刺さっている。

「灼熱烈火《しやくねつれつか》ッ！」

クエナが剣から膨大な炎の魔法を放つ。贅沢《ぜいたく》な魔力の使い方だが、その出力と制御は超一級品だった。

連続する轟音《ごうおん》が響き渡る。

クエナから放たれた炎は雪崩のような勢いでキング級に襲い掛かる。

『……ク』

キング級が地面を手で叩《たた》く。

空間全体が波打つようにどよめいた。

クエナが展開した魔法が打ち消される。

「便利ね。でも消すのにも限度がある」

魔法が消えたのは——先の方のみだった。

クエナはジードとの特訓を思い出していた。

何度も何度も魔力や魔法が打ち消された記憶だ。

それと比べればキング級の相殺など児戯に等しい。

『ッ！』

キング級が波打つような炎から逃れるため、空中に舞い上がろうとする。

その瞬間、見えたのは閃光《せんこう》だった。

クエナの隣から、白い電撃の残像が伸びている。

向かった先はキング級のさらに上だ。

「白撃《はくげき》――黒雷《くろいかづち》！」

シーラが詠唱を行う。

構えたレイピアは黒い雷をまとっていた。

まばたきする暇もなく、キング級に衝撃が打つ。

クエナの魔法に呑み込まれながら、シーラの放った光の速さの一撃。

『ピッ……キィッッ！！！』

甲高い悲鳴が耳を劈《つんざ》く。思わずクエナが顔を顰《しか》めるほどだった。

キング級の白い肌についた裂傷から黒い液体が流れていて、熱傷により腕の大半は動かない様子だ。

それでも諦めることなく、腕を動かしてクエナに襲い掛かる。地面を這《は》うように振った手で地表が抉《えぐ》れる。

「あの黒い精霊より強いわね。でも、私たちも強くなってんのよ。炎神一刀《えんじんいっとう》」

クエナが天高く手を伸ばす。

呼応するように、巨大な炎の柱が空から降ってくる。

それがクエナの手に届くころには、炎は刀を模した形になっていた。

『いいっ！』

薄暗い一帯を照らす灯《あか》りが振り下ろされる。

「――さようなら」

くり貫《ぬ》かれた中央一帯の円形に、縦一筋の延焼が出来上がる。

キング級が消滅した。

その瞬間、精霊たちの行動から一貫性が消え失《う》せ、ただ目の前を破壊するだけの理性のない怪物となった。

「終わったみたいだね？」

「ええ。あとは残った精霊の処理ね」

「ふふ、強くなったね。結婚式の時みたいにボコボコにされなくなった」

「悔しかったからね。ジードがいつか言っていた、『みんなはここに残ってもいいんだよ』って言葉が許せなかったから。私は肩を並べるよう頑張ってるの」

「うんうん。わたしも～」

会話は弾み、ジードの愚痴に移行する。

戦いさえなければ、二人はただの乙女のようだった。

けれど、戦場に残った戦いの爪痕は間違いなく猛者の証《あかし》だ。轟《とどろ》く雷や雲を貫く炎の様子は、遠巻きに見ていた人々を畏怖させていた。

◇

神聖共和国はウェイラ帝国に次いで被害が少なかった。

主な要因として新たな神都市の再建設に伴う人口の一点集中と戦備強化で、防衛戦が容易になった点が挙げられる。

それは強い意思の表れでもあった。

神都市は神聖共和国の象徴だ。

彼らはあの犠牲からもう二度と負けないと誓った。

出した答えが神都市での一点集中防衛だ。

ソリアの広域治癒魔法やフィルの突出した戦力で精霊の侵攻を許さず、クエナたちがキング級を討伐するまで時間を稼ぐことができた。

神都市への避難民の受け入れまで考えると、ウェイラ帝国よりも遥《はる》かに多くの人々を救ったと言える。

「おつかれさまです」

スフィが水の入ったコップを手渡す。

相手はソリアだった。

新たに再建された神都市の一角で、二人は一時の休息をとっていた。

「ありがとうございます、スフィさん」

「いえ。私がやれることは少ないですから」

「そんなことはありません。スフィさんの指揮がなければ逃げ遅れた人々の犠牲の数は計り知れなかったでしょう。立派な活躍です」

ソリアに褒められることは名誉だとわかっていても、スフィは納得がいかない。まだやれることが沢山あったのだと反省の念が湧いてくるからだ。

そう考えられることがスフィの伸びしろでもあるのだと、ソリアは知っている。

スフィが問いかける。

「この戦いは勝てると思いますか？」

「ええ、勝てると思います。だって、ジードさんですから」

キング級の討伐は成し遂げられた。

その情報は既に神聖共和国に入ってきている。

だが、その先はまだある。

大元の女神アステアだ。

しかし、その話はアステアの信奉者であったソリアとスフィにとって命運を分ける話だった。戦後の自分たちの立場にも関わることだ。

「ソリア様にとって、希望の光はジードさんですか」

「スフィさんは違うんですか？」

「いえ、私も今となってはアステアを信じられるほどの胆力や度量は持ち合わせていません。なにか理由があって攻めてきているのだ……とは到底思えません」

今回の精霊による大規模な侵攻を、一部ではアステアによる試練だと口にする者もいた。

もちろん、列強国の公式見解として精霊は自然に発生したものだと発表されている。女神が敵であるという事実は伏せられていた。信奉心を持つ者達《たち》による暴動や、神を恐れる民衆の混乱を避けるためだ。

しかし、それでもアステアによる試練だと口にする者がいる。それは別に今回の件だけではなく、元々どのような災害でもアステアに結びつける者が出てくるほどに信仰は広く根強い。ここで大事なのはそれが正解か不正解か、ではない。アステアと人族は切っても切れない関係にあるということだ。

ソリアとスフィも厚い信仰を持ち合わせていたが、現場で被害を目の当たりにすることが多く、神の言葉だからと言って決して安易に受け入れる性格ではなかったため、災害が試練などとは口が裂けても言うことはない。

「私も同意見です。だから、その後のことを考えなければいけません。アステアに打ち勝った後の世界を」

ソリアが天井を見上げる。

遠く、果てしない、想像もつかない世界だ。

スフィの顔が陰る。

「世界は秩序をなくして滅ぶのでしょうか。大地は裂けて、海は割れて、空気が濁る……」

「そのレベルのことが起きたらジードさんに任せましょう。私たちができることは普通の人間レベルのことですから」

ソリアがニッコリと笑む。

それを見て、スフィの頬が引きつる。ソリア様の中でジードさんは既に神なのか。

スフィが頬に指を当てながら悩む。

「……まず考えなければいけないのは、アステアに関連するものでしょうか。どのように人々に伝えていくか、あるいは隠していくか」

「ええ、まさしく。正しい歴史を残し、アステア教も残せば後世に強い遺恨が残ります」

いずれ民衆にアステアの掌《てのひら》の上で紡がれた正しい歴史が知れ渡った時、信者はどういう反応を見せるだろうか。人々はどういう感情に駆られるだろうか。

それを想像した時、ソリアは迷わずに続けて断言する。

「歴史か宗教、どちらかに消えてもらわなければいけません」

「――――！」

スフィにとって、ソリアの言葉は予想できるものだった。だが、それでも言葉を失うには十分すぎる威力を持っていた。

スフィもソリアも真・アステア教団から名声と地位を与えられている。

仮に真・アステア教がなくなれば、彼女達の立場はどうなるだろう。職を失う程度の話ではない。女神への信仰が瓦解したら、彼女達はどう世間に受け止められるだろう。

ソリアは顔色を変えなかった。勇敢な姿勢のままだった。

「スフィさん、きっと歴史を消す方が簡単です。今回の精霊の侵攻は自然現象で、たとえそれが神の試練だとしてもアステアはあくまでも偶像にすぎず、実在する証拠はないと言えばいいだけです」

「たしかに……そうですね」

「でも、私はあえて困難な道を進みたいのです」

「それは……宗教の方を消すのですか？」

「どうでしょう。でも、いずれ解散させる方向に持っていきたいと考えています。その過程で悪評を広める必要があるでしょう」

ソリアには覚悟があった。

かつて信仰したアステアを貶《おとし》めることすら厭《いと》わない。

だが、スフィには一抹の不安があった。

「そうすれば聖職者や信者たちが苦境に立たされるのでは。それこそ、教団のシンボルでもあるソリア様は矢面に立つはずです」

「必要なら私は自分がすべての悪評を被《かぶ》ってもいいと思っています。たとえば、私がジードさんと密約を交わし、ウェイラ帝国に身売りしようとしているとか」

「なっ……！」

もちろん、それは平易な冗談だ。

あくまでも咄嗟《とっさ》に浮かんだ例のひとつにすぎない。

実際にソリアが真・アステア教を帝国に引き渡したところで、別の宗派が出来上がるだけだ。人の信仰心はそこまで簡単に覆らない。

それを理解しながら、ソリアは言う。

「でも安心してください、スフィさん。私が消えた後、あなたには真・アステア教に代わる集団を率いてもらうつもりです」

「別に名声や地位が欲しいわけでは」

「いいえ、スフィさんだから任せられるのです」

「私なんて……」

スフィが遠慮がちに身を縮めるようにして固まる。

それは謙遜ではない。

スフィは自分を不出来だと思っている。かつての神都市を消失させた原因の一端を担っていると考えているし、他の文官に比べて不器用だろう。

だが、そんなことは当たり前だ。スフィは幼い。難しい仕事をすれば間違いを犯すことだってある。それが責任ある特別な仕事だから追及されるし、スフィがしっかり背景まで理解しているから、自分のミスを悔やみ反省する。

それでもこうして現状の地位にいるのは真・アステア教の立役者だから、というだけではない。その時々で自らの職務に忠実かつ公平に事をなしてきたからだ。それができる者は貴重だとソリアは知っている。

「スフィさんは素晴らしい経験をなさっています。私もなかなか数奇な育ちだと言われますが、スフィさんほどではありません。きっと、スフィさんは私……いいえ、リフさんやルイナ様を上回る人材になるでしょう。そうなった時、人々を先導する立場になっていて欲しいと思っています」

スフィはソリアのことを心から尊敬している。言動は方正謹厳であるし、治癒魔法は歴史上でも類を見ないとまで言われる実力だ。あらゆる仕事をこなせるバランス感覚に長《た》け、人々から支持されている。

そんな人に褒められて、スフィの目は自然と上を見る。ソリアと向かい合う。

「ソリア様、ありがとうございます。でも、あえて困難な道を歩む必要はないのでは……」

「いいえ、今しかないんです」

「今？」

「はい。だって、ジードさんがいるじゃないですか。あのお方がいるから、正しい道を選ぶ機会がある。どれだけ困難な道でも守ってくれる気がします」

ソリアが無邪気に笑む。

たしかに、と思った。

同時にスフィはソリアの企《たくら》みにも気がついてしまった。

「ま、まさか、ソリア様は……」

ソリアは見据えているのだ。

アステア教が瓦解するならソリアが犠牲になるだろう。

そして、その先は。

「ふふ」

ソリアの意味深な笑みが場を包む。

この世界で察しているのはスフィだけだろう。

# 第二話　破壊者の正体

聞いた話によると、キング級が討伐されてから二週間が経《た》ったそうだ。

討伐したのはクエナとシーラらしい。

もはや英雄扱いだそうで、俺もなんだか鼻が高い。

だけど、大陸は未《いま》だに剣呑《けんのん》とした雰囲気が流れている。

犠牲者を弔う時間こそ与えられているが、予断を許さない状況だ。

それも、無秩序に暴れている精霊の残党が尋常でない被害を出しているからだ。

そんな折、俺達はソリアとネリムと合流した。

「急に呼び出して悪かったの～」

リフが二人を歓迎する。

場所はギルド支部の隅っこの部屋だ。

角部屋のため人通りは少なく、リフの魔法によって部屋はコーティングされている。

「お久しぶりです。ジードさん、リフさん」

「ああ、久しぶりだ。元気そうでなによりだよ」

ソリアが清廉な澄んだ笑顔で挨拶をする。

隣にいるネリムはぶっきらぼうな顔つきで、すごく対照的に見えた。

「で、用件はなによ？」

「ソリアは丁寧に挨拶をしてくれるというのに、お主はどうしてそうも愛想がない上にせっかちなのじゃ」

「仕事は早いほうがいいでしょ」

「たしかに」

ネリムの言葉に感心する。

仕事は早い方がいい。

だが、ネリムの態度は俺の信条とは違う気がした。

彼女は仕事を早くこなしたいわけではなく、仕事そのものを求めているのだ。

リフもそのことに勘づいている。

「ふむぅ。まあ大方察しは付いておるのではないか？」

「ついにすべての出来事の根源を除去するってことでしょ」

ネリムはぼかした言い方をしているが、全員が同じことを思い浮かべたことだろう。リフが頷《うなず》く。

「うむ。この期に及んで互いに理解し合うことは不可能じゃろう。よって、アステアを討伐する」

「メンバーは私とジードさん、ネリムさんでよろしいのですか?」

「それに加えて、わらわも戦う。勇者ジードに聖女のソリア、剣聖のネリム、賢者のわらわ。くく……。面白いのう。奇《く》しくも勇者パーティーのような陣容になったが、少数精鋭で良いじゃろう。場合によっては偵察だけで終わることになるからの」

本当なら諜報《ちょうほう》を出したいとリフは言っていた。

精霊界がどのような場所で、アステアがどのような姿で、どのような危険があるか。それらを把握せずに進むのは危険だと。

だが、今回は奇襲だ。

隙あらばアステアにトドメをさせる人材でなくてはならない。そうして選ばれたのがこの四人というわけだ。

「ちなみに察したクエナはブチ切れてたわよ。『どうして私じゃないの!』って」

「ふ、再びの侵攻に備えて戦力は温存する必要があるのじゃ……逆召喚でどれくらいの時間帰れんかもわからんし……」

リフがクエナに絞られる想像でもしているのか、汗を滝のように流している。

「それは私じゃなくてクエナに言うべきね」

正論だな。

くすくすとソリアが面白そうに笑う。

和やかな雰囲気だ。

だが、一連の会話には『俺達《たち》が死んだら』というニュアンスも含まれている。

リフは既にエイゲルにも話を通している。次世代の天才に自身の持つ魔法技術の全てを託している。人知を超えた精霊を殺す方法を根本から見直させている。生物の根幹を揺るがすほどの研究だ。

それに本当に最強の面々を集めるのなら、おそらくフューリーやオイトマも呼び出して然《しか》るべきだっただろう。そうしなかったのは、彼らがこの世界に残すべき貴重な戦力だからだ。

俺たちが失敗しても、まだ第二第三の矢はある。

「ともかく、わらわ達の戦闘スキルは大陸屈指じゃろう。このメンバーだけで連携を取ったことはないが、柔軟に対応できると信じておる」

「私とリフはジードの補助的な役割の方が強そうね。辛うじてソリアの治癒魔法だけ特別って感じかしら」

「くっく、否定はせん。本来ならジードはもう少し後の段階で送り込みたかったくらいじゃからの」

そんな話をされたら断っていた。

死地に行くなら俺が先だ。

きっと、リフはそんな心境を汲《く》み取ってくれたのだろう。

「それで……いつ行くのですか？」

「明日にでもどうじゃ？」

リフが軽いノリでウィンクする。

散歩とかカフェに誘うような、ナンパみたいなノリだ。

「わかったわ」

「ええ、問題ありません」

「ま、まじかの？　結構冗談のつもりじゃったが、大丈夫か？　必要なら時間を取って連携を鍛えてもよいが……」

「今の今まで精霊と殺し合ってたのよ。身体《からだ》は暖まってる」

「私も問題ありません」

意外な答えだったのか、リフが困惑しているようだった。

助け船ではないが、俺からも二人に覚悟を問いかけることにした。

「アステアの罠《わな》で精霊界に永久に閉じ込められるかもしれない。それでも明日出発で構わないか？」

俺だって覚悟は決めている。

それでもクエナ達の顔が脳裏を過《よぎ》る。

二人はどうか。

陰りはなかった。

「くどい。私はアステアを殺すために生きているようなものだから」

「フィルにはお別れをしてきましたから、問題ありません」

愚問だったか。

憂いも迷いもない二人を見て、なんだか俺の覚悟も改めて定まったような気がする。

ふと、ソリアがじっと俺の目を見た。

「それに永久に近い時をふたりだけなんて……なんだかロマンチックじゃないですか」

「俺はふたりだけでとは言ってないぞ……？」

「やめて。流したのに。ジードと永久の時とか無理だから、マジで」

胸が痛い。

アステアと戦う前に挫《くじ》けてしまいそうだ。

「よし、では明日に備えて、今日はコンディションを整えておくのじゃ。幸いにして妖精姫の家を間借りしておるから、ゆっくりできるぞ」

リフがサムズアップで応える。

城や屋敷って程じゃないけど、シルレたちの家は大きいからな。

ここしばらく俺もくつろいでいる。

きっと、ソリア達にも合うだろう。

◇

シルレの家に戻る。

ソリアやネリム、リフも一緒だ。

明日の出立に備えて全員いる。

「おかえりなさーい！」

「ああ、ただいま」

ラナが玄関まで出迎えに来てくれた。

俺達を見て、口元に手を当てながら叫び出す。

「ぬぁぁぁあ！　ジードさんが浮気してるー!!」

う、浮気。

物騒な言葉に身を強張《こわば》らせる。

真っ先に反応したのはネリムだった。

「はぁ!?　浮気ってなによ！」

ネリムのご立腹ぶりは凄《すさ》まじく、小さな姿をしているラナに迫る勢いだ。

傍《はた》から見れば大人げない光景だが、ラナの年齢から考えて……あれ、待てよ？　そういえばネリムの年齢の方が上……か？

ならば、やはり大人げない光景なのかもしれない。

ラナが言葉を強める。

「うわ！　もしかして浮気じゃないって思ってるタイプの人!?　自分が一番の本命だからって自信持ってるタイプ!?」

「ちっ、ちがっ……！　そもそもそれが誤解で！」

ネリムが完全に手玉に取られている。

さらに追い打ちをかけるように、ソリアがラナの側に立って頷いた。

「浮気ではありますね」

そうなの!?

ラナがソリアを両手で示しながら言う。

「ほらああ！」

ラナは完全に言質を得られたことで敵なしの様子だ。

ネリムが地団駄を踏む。

「私を巻き込むなー!!」

さすがに怒り心頭なようで、頑丈な作りの家が軽く揺れている。

このままだと本気でヤバい。

とりあえず誤解をなんとかしなくてはいけないか……。

「ラナ、違うよ。彼女達は俺と一緒に戦う人達だ」

「えー、そーなんだー、はじめてしったー（棒」

今までが演技だったことを隠そうともしない。

ラナなりにネリム達と打ち解けようとしたのだろうか。

そのネリムの額には血管が浮かんでいるけど。

「みなさん、お集まりですね」

奥から顔を覗《のぞ》かせて、シルレが言う。

この騒動だ。シルレには何事かと思わせてしまったことだろう。

「すまんのー、いきなり騒いでしまって」

「いえいえ、大丈夫ですよ。それよりも、いよいよ行くのですね？」

「ああ」

シルレの問いかけに、首を縦に振った。

不意に腹部の辺りが摑《つか》まれる。

ラナが泣きそうな目でこちらを見ていた。

「うー、ジードさん……心配だよー……」

「大丈夫だよ。必ず帰って来る」

自分にも言い聞かせる。大丈夫。帰ってくる。

わずかながら不安があったのかもしれない。

でも、俺以上に心配してくれている様子の少女を見て、なんだか責任感のようなものが不安に勝った気がした。

「本当だよ？　本当に帰って来てね？」

ラナの小さな手が俺の腰に回る。

愛らしい眼《め》に心が吸い込まれそうだ。

最近になってようやく気がついた。

俺ってもしかしてチョロいのだろうか。

「ちょっと、浮気はどっちよ」

ネリムの冷たい視線が刺さる。

「うわ！　不倫相手に睨《にら》まれてます－！」

「だから違うっての！　私の知り合いが惚《ほ》れ込んでいるだけで！　私はそのおもり的な感じなの！」

「下手な言い訳しないでよー！」

「なにをっ……！」

おかしい。

明日が本番のはずだ。

下手をしたら大陸が滅んでしまうかもしれないのに。

（でも、逆に考えてみよう）

ラナがいなければ張り詰めた緊張感で穏やかに過ごせなかったかもしれない。

明日がどれほど重大でも、みんなといる今は笑っていたい。悔いのない今日があるから明日に挑戦できる。そんな気がする。

「修羅場じゃの～」

不思議と暢気《のんき》な声が耳に届く。

ああ、ここにクエナ達もいれば良かったのに、なんて思うのは贅沢《ぜいたく》だろうか。

いいや、贅沢なんかじゃない。

それが俺の望むことなら、いずれ叶《かな》えてみせよう。

◇

翌日。

エルフの里は深い森林地帯にある。

人影がない場所も、当然ある。

俺、リフ、ネリム、そしてソリアの四人はエルフの里から離れて逆召喚の魔法を執り行うことになった。

初の試みだから、どのような影響が出るともわからない。

リフも「魔法は失敗するやもしれん」と言っていた。研究と開発は多くの失敗を重ねて成功に辿《たど》り着くそうだ。

とはいえ、あのリフのやることだ。不思議と魔法が失敗することはないと思った。

それ以上に怖いのは逆召喚によって通じた精霊界から怪物たちが押し寄せてくることだった。

だから俺達《たち》は人里から離れた遠い場所で逆召喚を行う。もちろん、俺の探知魔法も発動済みだ。

「逆召喚は時間をかけん。わらわが魔法を行使した瞬間に精霊界に飛ばされるはずじゃて。戦闘はすぐに始まる覚悟でいた方がよい」

一同が頷《うなず》く。

この手の話は事前に聞かされていた。

全員が不満もなければ疑問もない。

それらはすでに話し合いによって解消されている。

「とっとと始めましょ。私はいつでも構わないわよ」

「くく、自信満々じゃのう。よかろう、では行くぞ」

リフが両手を地面に向ける。

小さな風が舞う。

人影どころか魔物の気配すらなかった場所から、小枝を踏み抜く音がした。

「いよいよ決戦か」

男性だ。

俺の探知魔法を掻《か》い潜《くぐ》ってきたのか？

なんだか見たことのある顔をしている。

「およ？　お主は未来のジードではないか？」

リフが顎に手を当てて、突然の来訪者の正体を言う。

未来の俺？

「久しぶりだな。そして、この時代の俺とは初めまして」

「お、おお……初めまして……」

変な感覚だ。

未来の俺と会うってのは、故郷のやつらと久しぶりに会うような感覚に似ていた。色々と話したいことがあるけど、どれから口にするべきなのだろう、とか考えてしまう。

元気しているかなぁ、ベアウルフとかゴブリンとか。

「あれ？　十年後の人を召喚する魔法使ってませんよね？」

ソリアがそんな問いかけをする。

そういえばそうだ。十年後の俺がいるということは、現代の俺がここにいるのはおかしい。いや、おかしくはないのか。

「時空を越える魔法は編み出しているからな。激励に来たんだよ」

「ほう、激励か。わざわざご苦労なことじゃのう」

リフが未来の俺に言う。

どこか、わざとらしい言い方だ。

「やっぱり見抜かれてるか。いや、別にプレッシャーをかけるつもりはなかったんだがな」

未来の俺が後ろ髪を撫《な》でながら、続ける。

ギラリと鋭い目で物々しい雰囲気が場を覆った。

「——おまえらがアステアに負けた時のために来たんだ」

たしかにそれはプレッシャーになる言葉だった。

でも、それ以上に俺が気になったのは、未来の俺のどこか切羽詰まったような顔つきだ。

「ふむ。つまり保険というわけか。それならば顔を出さなくても良いじゃろうに」

「俺もあんまり顔を出そうとは思わなかった。でもさ、言っていいのかな。時空を越える魔法ってのは無限の可能性を見るってことでもあって……」

なんだか難しい話でそれ以上は理解できなかった。

だが、最後に未来の俺が口にしたことだけは、否応《いやおう》なしに頭に叩《たた》き込まれた。

「……俺はちょうど十年前のおまえ達だけを見ているわけじゃない。つまりな。今よりもう少しだけ未来のおまえらも見てきているわけだ。そこで何度も連続して負けてるからさ。顔を出しておこうかなって思ったんだ」

「かっかっか、まるで脅すようじゃのう」

リフが軽妙な口調で誤魔化す。

だが、俺達はたしかに感じている。肩が重たい。

連続して負けている。

最悪のケースを想像して吐き気すら催す。

未来の俺は意図しているのだろうか。あるいは気づいているのだろうか。俺達に辛《つら》い言葉を投げかけていることに。いいや、違う。きっと……

——彼の負担がそれほど大きいということなのだろう。

俺達に気を遣う余裕すらないのだ。

ああ、きっと未来の俺は……

話を変えるようにして、笑みを浮かべる。

「未来を変えてしまうようなら答えなくてもいいんだけど、アステア討伐にあたってヒントとかないのか？　精霊の弱点とかさ」

軽口のつもりだった。

怒られてしまうかとも思った。

だが、未来の俺はあっさりと口を開く。

「そうだな。風景に擬態する精霊とかいるから気をつけろ。探知魔法にもかからないんだが、皮膚の形状変化と硬質化で鋭利な刃物を身体《からだ》のどこにでも作り出せて、さらに速度もある。しかも、最初に回復役のソリアを狙ってくる知能がある」

初めて聞く。随分と凶悪そうな精霊だ。

アステアによる大陸侵攻で、事前に強い精霊の情報は集まっているはずだった。しかし、それでも隠し玉は多くあるということか。

探知魔法にかからないなら、かなり無差別に攻撃を行わないといけないのだろうか。俺の魔力は無尽蔵と言ってもいいが、リフの身体は限界を迎えつつあり、使える魔力はもう限られている。あまり無理はさせたくない。

「とても怖いですが、未来のジードさんがいるのなら安心ですね」

ソリアが言う。

たしかに、そうだ。

未来の俺がいるなら……この戦いに勝利することもできるはずだ。

「ああ、でも頑張れよ。俺はできるだけ干渉したくないからな。それに他の世界も見張る必要がある」

どうやら未来の俺は途方もない世界を飛び回る生活に明け暮れているようだ。あまり迷惑をかけないためにも頑張らなくてはいけないな。

ネリムが腕を組みながらつま先で何度も地面を叩いている。

「話は終わった？　さっさと行きましょうよ」

「うむ、そうじゃの。全員並べ」

ネリム、俺、ソリアの順番で立つ。

リフが俺達の前に立ちながら手をかざす。

ソリアが横で口を開いた。

「ジードさん、帰ったらお話があります」

「？」

「言いたいことがあるならここで言った方が後悔はなくて楽よ」

ネリムが語気に力を込める。

俺では想像もつかないくらい、ネリムは多くの人と死別しているはずだ。

そういった人生経験から、なにか思うところがあるのだろう。
「いえ、ジードさんに私の好きな気持ちは伝わっていると思うので後悔はありません！
あくまでもアステアを倒した後の話ですから！」
「そ、そう……」
ネリムがソリアに気圧《けお》されている。
かくいう俺も照れて言葉に詰まってしまった。
なんだかピクニックに行くような雰囲気だ。
それもこれも未来の俺がいるおかげか。
「行くぞ！」
リフの掛け声で気を取り直す。
視界が明転した。

◇

白い空間が広がっている。
視界の全てが白だ。
白、白、白……

白以外なにもない。

それなのに上下左右の感覚はハッキリしている。

輪郭と距離感まで捉えられる。

不思議な場所だ。

「ここが精霊界？　想像と随分違うんだけど」

ネリムが辺りを見渡しながら言う。

俺も同意見だった。

あれだけの精霊が住まう場所なのだから、森や滝のある広々とした大自然のイメージを勝手に持っていた。

ふと、俺達の眼前に光の球が浮かんでいることに気がつく。

意識しなければ存在を認識できないほど希薄、そんなものだ。

「システムの更新を要求します……システムの更新を要求します……システムの更新を要求します……システムの更新を」

「なんじゃ、これは」

リフが警戒色を強めて近づく。

かくいう俺も周囲の魔力を取り込む準備を始める。

探知魔法にかからない精霊に気をつけながら。

「システムの更新を要求します……」

「ふむ、ダメじゃの。無害そうじゃが壊すか」

「『壊す』という発話を確認。優先事項に則《のっと》り、対話を開始します。私はシステム・アステアです」

リフの言葉が結果的に光の球との意思疎通を可能にした。

意図したわけじゃないだろうが、壊れたように同じことを喋《しゃべ》るアステアがまともなことを……アステア？

「アステア!?」

真っ先に驚きを口にしたのはネリムだった。

次にソリアが続く。

「リフさんが神ではないと仰《おっしゃ》っていましたが……これは」

「待つのじゃ」

結論を急ぐな、とばかりにリフが手で制止する。

それから俺を見ながら続けた。

「ジード、探知魔法はどうなっておる？」

「これ以外に魔力の発生源はない」

件《くだん》の擬態するという精霊はなんとも言えないが、他の個体がいないことはおかしい。

ここが本当に精霊界で、この光の球以外になにもないということならば、考えられる可能性は絞られてくる。

真っ先に思い至るのはアステアによる罠《わな》にかかっている場合だ。その場合はすぐにでも、この閉鎖空間を割く一撃を加える他にない。だが、今は一帯の魔力を変換して俺の中に取り込んでいる最中だ。この空間に漂う魔力を支配下に置き、万全の態勢で戦いに臨むために他の可能性を検討してから動いても遅くはないだろう。

他の可能性。つまりコイツが本物のアステアである可能性だ。

「ふむ……アステアよ。対話は可能と言っておったが、おまえはどういう存在か説明できるか」

「そんなこと聞いてる場合じゃないでしょ！　コイツを壊せば終わりなんじゃないの!?」

ネリムの言葉はもっともだ。それでも不用意に手を出そうとしない。冷静だな。

未来の俺の言葉を信じるなら、アステアは外敵への対抗手段を持っていることになる。

もう俺達《たち》が罠にかかっている可能性を除けば、現状のアステアは戦う意思がないのかもしれない。

いや、意思というよりは。

「私はシステムです。より理解しやすい言葉を使うのなら、マジックアイテムが適切でしょうか」

ああ、そうだ。

この冷たい感じは人間と程遠い。

とは言っても、別の生き物の可能性も限りなく低いように思える。

どんな魔物でもあるはずのものがない。

それは感情だ。

アステアは生きていない。感情を持っていない。

俺達と同じ言葉を喋っているが、人のマネをしているだけの存在に感じた。

今のアステアは臨戦態勢ではない。

それは意思によってではなく、場面に応じた行動パターンを取っているにすぎないのだ。

リフが続けて問う。

「マジックアイテムというのなら、作製者がいるはずじゃ」

「現代から約一億三千万年前に発生した旧人類種から生成されました」

「その旧人類種とやらはここにいないようじゃが?」

「既に全滅しました」

さすがのリフも絶句した。

頭が勝手にアステアの言葉を結んでいく。

アステアは過去の超技術によるマジックアイテムで。

すでに主のいないマジックアイテムがひとりでに稼働していたことになる。

それがアステアの正体だというのか。

「——待ってください。それよりも先に確認するべきことがあるはずです。今現在も暴れている精霊はあなたが動かしているのですか？」

ソリアはよく見ている。よく考えている。

それは彼女にしてみれば好奇心よりも大事なことで、忘れてはいけないことだったのだ。

今なお増え続けている人々の悲鳴を忘れてはいない。

「いいえ。精霊は自律して行動する生物です。大陸に送り出しましたが、生命活動を止めることはできません」

「では、こちらに戻すことはできますか？」

「可能です。全個体の回収まで約三年かかります」

「三年って……とんでもない月日ね」

ネリムが嫌味を込めて言う。

送り出してきたのは短期間だったのに、回収には倍以上の時間を必要とするとは。

「では、可能な限り早く戻してください。至急です」

ソリアの態度は毅然《きぜん》としていた。

だが、そもそも精霊を送り出した張本人がアステアだ。

まさか従うはずもなく、なんらかの交渉をしなければならないはずだ。

なんて俺の考えは浅はかだったようだ。

「わかりました」

アステアは本当に人に使われるマジックアイテムだと言わんばかりに、命令されたことに忠実に従った。

「それを証明できますか？」

「ここに現在の大陸の様子を映します」

すると白い空間に複数の映像が映し出される。

ウェイラ帝国や、名も知らぬ荒野……他には……ああ、クゼーラ王国まである。

そこにはたしかに戦っていたような跡がある。傷ついた人々が倒れていたり、崩壊した建物があったり。

不思議そうな顔をしながら呆然《ぼうぜん》と剣を構えている人もいて、精霊が突然消えて戸惑っているのだと連想することは難しくなかった。

これだけでは完全とは言えない。

だが、これ以上を求めても疑問に答えは出ないし、結果は変わらないだろう。

ソリアの指示にアステアは従うばかりだ。

呆気《あっけ》ないほどに素直で、しかし、ネリムを含めて俺達は毒気を抜かれることはない。それだけアステアが起こした災禍は大きい。

　コイツを完全に信じられるわけがないんだ。

「随分と聞き分けがいいのう」

「ジードの存在は驚異的であり、こちらの抵抗はリスクが伴うと判断しました。対話での解決を所望します」

「なによ。降参してるっての？」

「降参ではなく、条件の提示です」

　未来の俺の口調から察するに、ここからアステアとの戦闘に突入するのは全然あり得る展開だ。つまり、ここで交渉が決裂した瞬間から敵になる。

　それを理解して、リフはなるべく相手を知ろうと一歩踏み出した。

「のぅ、聞かせてもらいたい。精霊はお主の支配下にあるのか？」

「はい」

「では、お主が大陸の侵攻を促したのか？」

「はい」

　奥歯を嚙《か》みしめる音が聞こえる。

　それはソリアからか、ネリムからか。あるいは自分から発せられたものかもしれない。

　誰からか分からないほどに、全員が共通して怒りを覚えていることはたしかだった。

「どうして侵攻したのじゃ？　理由を教えてくれ」

「この説明には長時間を要します」

そうやってアステアが前置きをすると、リフが「構わん」と答えた。

「まず、私の存在理由は無限のエネルギーを確保することでした。その解のひとつに魔力が挙げられます。魔力は万能エネルギーであり、旧人類種が強く追い求めた夢でもありました。しかし旧人類種が絶滅を迎えるそのときまでに手に入れることは叶《かな》わず、夢が私に託されました」

「魔力を見つけられなかったのですか……？」

ソリアが不思議そうな顔をする。

たしかに俺達からしてみれば意外だ。

こんなにも身近にあって、触れることができるものだ。それを見つけられなかったというのは不可解というか。

「魔力はあくまでも仮説のひとつに過ぎませんでした。他にも約一千万通りの仮説を検証してきましたが、ようやく発見したのが魔力です。皆さんが身近に感じている魔力は長年に亘る研究開発の結果、『普通』となった技術です」

つまり魔力そのものがアステアによってもたらされたものだということになる。

「さらに、この魔力という存在を無限にする方法を検証しました。これは約五万通りを約七百回の文明リセットを経て実験し、解と思《おぼ》しきものに辿《たど》り着きました。自然の魔力を無限に自身の魔力に変換できうる存在です。これは偶発的で隔世的な誕生でしか期待できない人体でした」

「まさか……俺か？」

「はい。しかし、誕生時点では完全な成功と言うには時期尚早でした。対象には魔力変換に耐えうる身体《からだ》を得てもらう必要がありました」

「禁忌《きんき》の森底《しんてい》……」

そこは俺の故郷ともいえる場所だ。

危険が多く、自然に漂う魔力量が多い場所だ。

それゆえに魔法を行使する魔物は数知れず、自身を鍛えるには十分すぎる場所だ。

「ですが、経過観察の途中で我々の手から離れることになりました。未知の存在によって情報が遮断されたのです」

それが禁忌《きんき》の森底《しんてい》で生まれたもうひとつの人格——二人目の俺だとは誰もアステアに伝えない。

アステアが淡々と続ける言葉に耳を傾けるだけだ。

「結果的に対象であるジードとの対話や監視が間接的にしか行えなくなりました。しかし、この実験はここまで至る過程だけでも過度に困難を極めたため、結果を出さずに放棄するわけにもいかず、続行を判断しました。

ジードの監視には組織的な管理が必要でした。アステアの徒を始めとした存在がそれに当たります。ジードを生み出す際から創設していた組織で、その存在はジードのためだけにつくられたものではなく、目的達成のために汎用的に活用されました。彼らからの報告で、この段階では魔力変換をまだ発現していないと考えられました」

「で、実際は発現しておった、と」

リフが補足的に確認する。

「はい。ジードに類する存在は幾つもの文明で存在していましたが、そのどれも失敗していたため、成功する可能性は低いと推定されていました。そのために他実験に多くのリソースを割いており、結果的に、正確性を欠いた観測をしていました」

「ねぇ、気になることがあるんだけど。さっきから何度も出てる他の文明ってなによ」

ネリムが言葉を遮る。

彼女にとって、リフの質問の回答よりも先に知っておきたいことだったのだろう。

たしかに俺も気になっていることではあった。

「はい。ジードが存在するような文明を生み出すために、いくつもの文明を創造して滅ぼしてきました。今回の大陸侵攻は文明のリセットを意図したものです。既に現在の文明は進化の特異点にあり、我々の脅威になると判断しました」

「「……っ！」」

あまりにも端的で無慈悲な回答に嫌悪感で胸がいっぱいになる。

ソリアの顔色は蒼白《そうはく》になっていた。

文明のリセットは何度行われたんだ？

その間にどれだけの犠牲が出たんだ？

俺を一人生み出すだけで困難といっていたが、どれほど途方もない道だったのだろうか。

……別にアステアを労《ねぎら》っているわけじゃない。

途方もない死体が積み重なった血塗られた道を想像して、そんな疑問が浮かんだんだ。

「ジードは無限の魔力を生成できるようになったのに、失敗と判断しておるじゃないか」

リフが反骨心から強い言葉を投げかける。

それは精一杯の抵抗だ。

俺なんかは喋《しゃべ》ろうという気概すら浮かばなかった。

「はい、失敗です。先ほども申し上げた通り、ジードの存在は偶発的な要因も含まれるため、経過観察のために現在の文明を維持しても問題ないと判断しました。ですが、その魔法技術の進化の速度は他の文明の追随を許さないほどであり、実際にこうしてシステム基幹部分にまで侵入を許してしまいました。この状況に至っては、我々はジードを無限エネルギーとして活用することができません」

「柔軟性がないのぅ。結局のところはマジックアイテムでしかないということか」

リフは風刺的に言う。

ソリアが口元を手で押さえている。吐き気を堪《こら》えているのだろう。それでも必死に口を開いて尋ねた。

「……文明を滅ぼす理由はなんですか」

「我々以上の文明は存在してはいけません。我々の文明を凌駕《りょうが》する勢力があれば、今度は我々が排除される危険性があるためです」

「我々というがの、もうお主ひとりしかおらんではないか。いや、ひとりというか、一個というべきか」

「はい。しかし、私の意思は旧人類種全体の意思です。旧人類種の復活も私の稼働目的のひとつとなっています」

リフが腕を組む。

瞼《まぶた》を閉じながら、物々しい顔で眉間に皺《しわ》を寄せる。

「ふーむ。難しいのう。正直、わらわ達《たち》だけではなんとも判断できんのぅ」

「考える必要ないでしょ。放っておく道理はない」

ネリムが剣を抜く。

もはや戦うつもり満々のようだ。

だが、アステアは未《いま》だに戦闘の気配を見せない。

ネリムでは相手にならないということか。

警戒に値しないということか。

それを察して、ネリムは苛立《いらだ》ちを隠そうともせず、露骨に顔を歪《ゆが》ませた。

「私は対話を望みます。そのために、こうして姿を現しました。本来であれば必要な対処を取ることもありますが、ジード。あなたを見て対話が可能だと判断しました」

「……俺？」

「あなたはなにか望みがあるはずです」

見透かしたような言葉だった。

アステアがそれをどこで知ったのか、あるいは予測したのかわからない。だが、実際に俺にはアステアに望むものがあった。

「待ちなさい。その対話とやらの前に、私は聞かなければいけないことがある。勇者パーティーとやらはあんたの神託によって決められていたわけでしょ。勇者を始めとして、他のメンバーの行動もどうせ裏であんたが糸を引いていたと思うの。で、どうしてよ？　どうして仲たがいをさせたの？」

「勇者など、稀《まれ》に種族から突出した個体が出現することがあります。それらは無限エネルギー確保のための素材として必要な存在でした。実際にジードの両親は勇者ハトスと聖女アナキエラです」

「そ、それは先代の勇者と聖女ではないか！　しかし、子供がいるとは聞いておらんぞ」

「はい。情報統制を行いました。彼らに子供がいると発覚すれば、恩顧する人々の言動によって実験に支障が出ると判断したためです。また出産前は勇者たちに私の声を聞かせて隠遁《いんとん》生活を送らせました」

「……俺の両親？　じゃあ生きてるのか？」

なんの気なしに聞いたことだったが、後悔した。

「いえ、ジードの出産と身柄の確保が行われたのちは、予定通りに処分しました」

「処分って……」

「はい。殺害です」

よかった。

両親の記憶があまりなくて。

でも胸のざわめきと苛立ちは、やはりどうしても誤魔化せるものではない。

自分の感情はよくわかる。

俺はアステアに殺意を抱いている。

「どうしてじゃよ。どうして二人を殺した？」

それはネリムと共通する答えを求める言葉だった。

　ここまでがアステアの前置きだ。

「個体としては優秀であるためです。我々以上の文明を築き上げられるのは脅威であるため、突出した能力を持つ者は排除する必要があったのです」

「待って。じゃあ、私の……私と一緒だった勇者ヘトアは……」

「彼女も処分しました」

　やはりアステアは冷たく返す。

　わなわなと震えるネリムが首を左右に振る。

「あの子がそんな簡単にやられるはずがない！」

「家族の位置情報を『アステアの徒』に把握させ、人質に取らせました。パーティーメンバーを殺害の後は勇者も自死させました」

「…………。あいつが護《まも》ろうとした家族は」

「一部を除いて無事です」

「一部？」

「文明を築く上で遺伝子は重要です。危険な遺伝子を持つもの、少なくとも勇者を出産した両親と兄妹の処分は必要でした」

「……っ！」

　俺のような『無限エネルギーに至る可能性』を除けば、強い力は不要ということなのだろう。

勇者パーティーの目的は魔王の討伐。

その魔王だって強い力だ。

つまり一連の流れは強者と強者を争わせることで自然淘汰《とうた》するための儀式……ということになるのだろうか。

「私はプログラムされただけの存在です。また、そちらは我々によって生み出された存在であり、あくまでも実験生物に過ぎません。感情は非合理的で不要な場面が多いものの、変質に必要だったために残されていますが」

「この……！」

「ただし、人質にされて生き残った一部の親縁は『アステアの徒』のメンバーへの反撃を成功させています。それはあなた方の感情に則《のっと》れば喜ばしいことでは？」

アステアの言葉はいちいち感情を逆なでする。

アステアが俺達のことを理解しようとするのは、あくまでも管理のためだ。感情までもを理解して人の命運を握ろうというのだ。

コイツが下す審判は、俺達を本質的に理解していない。生きたいとか、人に喜んでもらいたいとか、そういうものは視野の外にある。その無機質で独りよがりな裁定は悪意そのものじゃないか。

怒りと憎悪がここまで満ちたのは初めてかもしれない。

「――この巨悪をここで殺さないでどうするの。私たちがここに来た目的はコイツを殺すことでしょ」

冷静な物言いだが、ネリムの瞳孔は獰猛《どうもう》に開いている。

「ジード」

アステアが俺の名前を呼ぶ。

言われなくても、ああ、わかっている。

「……アステア。おまえに聞きたいことがある。未来の技術は、延命も可能か？」

「は？」

ネリムの「ありえない」と言いた気な声が届く。

この期に及んで交渉することなどあるのかと。そういうことだろう。

「限度はありますが、延命の手段はいくらでもあります」

「リフはあとどれくらいで死ぬ？」

「余命は十日ほどでしょう」

「十日!?」

ソリアが驚きの声を出す。

ソリアやネリムは聞かされていない。

『たとえ寿命が短くとも、戦闘に影響が出るほど弱くはならん』

リフがそう言っていた。

だから彼女達には無用な心配を与えないため、意図して伝えていなかった。

俺に言ってくれたのは罪悪感があったからか。

でも、言ってくれたおかげで今がある。

「リフの延命は可能か?」

「ジード! お主、まさか!」

もしもここで振り返ると、リフの非難するような目線が視界に入ったかもしれない。だから、今の俺がリフの表情を確認することはしない。

ただ、アステアの回答を待つだけだ。

「——リフの延命は可能です。それも長期間にわたって存命させることができます」

「なら、その技術を教えてくれ」

「条件があります。私の生存です」

「おまえが敵対しないと約束するなら、俺も手を出さない」

「わかりました。敵対しません」

ここまではアステアも俺も想像していた通りのことだろう。

だからアステアは俺達を敵として迎えることはしなかったのだ。

こうして直接対面して言葉を交わしたのは、多分これを狙ってのこと。

「や、約束ってなによ？　こいつがそんなもの守るとでも思ってんの!?」

ネリムが俺に摑《つか》みかかる。

その気持ちは痛いほどにわかる。

だから、仇《かたき》討ち以上に必要なものを、頭のどこかで優先順位として決めていた。

「敵対した時は俺が倒す。そうしない限りは生かしてもいい」

「じゃ、じゃあアステアは!?　あんたはジードの言葉を信じるの!?」

もはやネリムはなりふりを構わない。

きっと、アステアと敵対することになればそれでいいのだ。

俺がアステアを倒す口実があれば、それでいい。

だが、アステアの眼中にネリムはなかった。

「技術の伝承を行います。こちらをご覧ください」

「なっ……！」

ネリムを無視して、アステアが俺の視界に文字を映し出す。

それは魔法に関するものだった。

ソリアがネリムと俺の間に立つ。

「アステアはジードさんを間接的にでも監視していたと言っていました。保険をかけることはできるでしょうし、そもそも反故《ほご》にしない確信があるのでしょう」

「……っ！」

ああ、そうだよ。

俺は約束を守るつもりだ。

ネリムもそれをわかっていて躍起になっているんだ。

「ジード、待つのじゃ。よく考えてくれ。アステアは今この場での生存を目的として交渉をしておる。敵対しないなど、状況に応じていくらでも覆されるぞ」

それも、わかっている。

だが、わかっていても。

「――リフ。最初に寿命の話を聞かされた時は驚いたよ。それで、まあ。寿命だから仕方ないって思った。でもさ、未来の俺を見て考えを改めた。やっぱり今の俺にはリフが必要だ。だから生きていて欲しい」

未来の俺は苦しそうだった。辛《つら》そうだった。寂しそうだった。

俺ひとりの力なんて微々たるものだ。

時間は巡る。世界も動く。その中で俺が一秒でやれることは限られる。でも協力してくれる人がいるなら、一秒でやれることはもっと増える。

だからリフがいれば俺の未来も変わるだろう。

きっと一緒に背負ってくれるだろう。

「ふざけないで！　アステアが暴走したらまたどれだけの犠牲が出ると思ってるの!?」

「ジードさん……。もしも私たちでは対処できないほどの問題をアステアが発生させたら、あなたは……どうされるおつもりなんですか？」

俺とアステアの交渉は無謀で考えなしのもの。あるいはここまでの積み重ねを否定するようなものだ。

「万が一の時は、未来の俺がいる」

リフがアステアを見る。

おそらく、未来のことについて聞かせてもよいものか悩んだのだろう。

俺も同じことを考えたのだが、アステアは未来や過去に関してはなにもできない。だからこうして俺達《たち》に容易《たやす》く侵入され、未来の俺に討伐されているのだ。

「あのジードはおそらく歴史の流れが確定した未来の世界……ゆえに、過去がどうなろうと関係ない。過去に干渉するのも、別の時間軸が生まれ、自らの未来の世界を脅かすほどに変化した世界の誕生を恐れているだけじゃろう」

「いいや、そんな考え方はしないよ。あいつは俺たちを心配して見に来てくれてたじゃないか。それに言ってた。過去を何度も救ったって。なら、この世界は大丈夫だよ。俺はリフを延命させたい」

「納得できない……納得できるわけないでしょ!?」

「俺もこいつを殺したい。でも、それ以上に……リフがいなくなると困ると思うんだ。それにこれは俺のわがままだ。リフが俺の人生を変えるきっかけをくれた。たとえ運命に抗《あらが》ってでも、俺はリフを生かしたい」

結局のところ、どの未来を選ぶのかは俺次第なのだ。

アステアと戦えるのは俺だけなんだ。

だから、ネリムも踏みとどまっている。

「……よかった。本当に。私は間違ってなかった。あんたを嫌いな理由がよくわかった。いいわよ、勝手にしなさい。どうせ、私じゃあんたを止められない」

「決意のほどは理解しました。私はジードさんの判断に従います」

ネリムは仕方なくといった感じだが、ソリアも含めて同意してくれた。

だが、リフだけは首を縦に振らない。

「いいや、反対じゃよ。お主が生かそうとしても、わらわは自死を選ぶぞ」

「どうして……」

「アステアは危険じゃよ。それに、個人的な感情でも嫌っておる。忘れたか。わらわのパーティーメンバーも、コイツによって殺されておるのじゃ。アステアを倒すためにわらわはこれまで生きてきた」

「……」

なら、どうしたらいい。

俺も意固地になるか。

リフが自死を選ぶとしても、アステアとの約束を守るとするべきか。

だって、そうだろ。

仮に俺がリフが死んでも約束を守るって言ったら？

俺の力がなければリフの自死は無駄になる。

そうなればリフの自死は無駄になる。

そんな無駄をリフは選択するか。

でも……そんなことをしても、ただの脅しだ。

いや、脅しだって必要なはずだろ。

なら、でも。

俺の考えがまとまる前に、リフが口角を困ったようにわずかに上げた。

「――とお主の出自を聞かなければ、そう答えておったじゃろうな。わらわは先々代のパーティーメンバーじゃと言ったよな。もちろん、次の世界を担う先代の勇者たちとは懇意にしておった。あやつらが悲惨な末路を辿《たど》るとわかっていても、わらわは何もしてやれなんだ……」

責任を取るべきだと感じてしもうた、そう言いながらリフが続ける。

「あやつらの生きた証《あかし》を、宝を――ジードを失うわけにはいかないと思ったのじゃ。最後まで面倒を見てやるのがわらわの責任なのかもしれん」

「リフ……」

慈愛に溢《あふ》れた目が俺を見つめていた。

リフも、肯定した。

だが、すぐに睨《ね》め付けるような顔になって、俺の情緒を揺らす。

「だが、褒められた選択ではない。それだけは忘れてはいかん」

ああ、そうだね。

それは凄《すご》く分かる。

きっと、誰もが同じことを考えているはずだ。

そう、誰もが。

# 第三話　未来と現在と過去

「シーラ」

私を呼ぶ声がして、振り返る。

烈火の髪を持つ麗しい女性が大局を見通している。

「どうしたの？　クエナ」

「精霊が消えた気がしない？」

「うん、もう大丈夫な気がする！　直感だけど！」

「あんたが言うなら大丈夫ね」

クエナに褒められて思わず口から「えへへ」と緩んだ声が出る。戦場だから油断は大敵だけど、周囲にはクエナの他にもユイがいる。

今はウェイラ帝国の首都の奪還作戦中だ。

特に精霊の侵攻がひどかったけど、今では城壁の内側に気配はない。こうして現在位置の王城の一角まで占領できた。

「ん」

ユイが喉を鳴らす。

どうやら彼女も感じ取ったみたいだ。

私とユイが同時に走る。

「ちょ、ちょっと、どうしたのよ！」

クエナも慌てながら私たちの後ろに付いてくる。

向かった先にはジードがいた。

ジードは私たちの姿を確認すると、片手を上げて気さくな笑顔を見せてくれた。

「よっ、元気そうでなにより……わっと」

「ジード！」

私が右半身を、ユイが左半身をそれぞれ貰《もら》う。

温かくて、いい匂いだ。

何度も何度も顔をこすりつける。

ぐりぐりとしていると。

ジードの背後から見知った顔がにょろりと出てきた。

黄金色の瞳がこちらを見ている。

「わっ！」

すごく近くて思わず仰《の》け反《ぞ》る。

「ふぉっふぉっふぉ、驚かせてしまったの」

落ち着いた声のトーンだけ聞くと、なんだかヒゲを生やしている老人のようにも錯覚してしまう。

リフ。

可愛《かわい》らしい見た目をしていて、老いとは程遠いような感じがする存在だ。

けど、今日はなんだかいつもよりさらに不思議な感覚だ。

「あれー？　なんだかジードとリフが繋《つな》がってる気がする！」

「よく気がついたな。リフに魔力を供給しているんだ。一日の半分くらいはこうして身体《からだ》の一部をくっつけておかないといけない」

ほう、なにやらエロスの匂い！

よく見ればリフはジードに背負われている形だ。

なんだか羨ましくなってくる。

「どうしてそんなことになってんのよ……てか、ネリムの機嫌が露骨に悪いけどなにがあったの？」

「……」

クエナの問いかけに、ネリムは下を向いたまま黙っている。

さらに隣にいるソリアまでもが気まずそうにしていた。

こ、これは……！

ついに……ネリムにまで……!?

なんて冗談は言えなそうだ。

それくらい厳かな雰囲気になっている。

ふむ、気まずいね！

ここはいっちょ、なにか打開の手立てを考えよう。

——ぞわり
冬の冷気が背中を舐《な》めたような悪寒が走る。

「こうなったか」

聞き慣れた声と似ているけど、ちょっと違う。

それに、怖い。

恐る恐る声の方を見ると、未来のジードが立っていた。

誰も口を開けない。

私の大好きな顔だけど、全然違う彼が言葉を紡ぐ。

「言ったろ、アステアに負ける未来は無数にある。この選択は、負けだ。こいつを生存させた先になにがある？　生かしておいてもロクなことにはならない」

「わ、わわ、私の保全を……や、やくそ……」

「俺はおまえと約束したジードじゃないんでな」

未来のジードの手には光る球があった。

それはミシミシと音を立てながら、最後には鏡が砕けるように小さな破片になって飛び散った。

「おまえっ！」

「やめろ。今のおまえと未来の俺……どちらが強いかは明白だろ。でも、俺達《たち》が戦ったら先に世界の方が壊れるか」

話が見えてこない。

けど、ジードが悔しそうな顔をしている。

私の知らないところでジードが辛《つら》そうにしているのは、なんだか不安になってくる。

ジードのことは信頼しているけど、やっぱりずっと一緒にいたいと思うくらい、私は彼の辛そうな顔を見たくないし、知らないことが増えて欲しくなかった。

「どういうつもりだ」

「どうって、別によかったじゃないか。自分で手を下す必要がなくなったんだ。どう絆《ほだ》されたのか知らないが、このままだとアステアに世界が滅ぼされていたかもしれないんだぞ？」

「そういうことじゃない。これって安易に未来を変えるってことじゃないのか。いいのか、お前がそんなことをして」

「いや、俺が干渉するとその時点から世界が分岐してしまう。だから今まで手を出さなかったが――必要な干渉はやむを得ない。けど安心しろ。これ以上この世界ではなにもしない」

「この世界では……？　なら他の世界は？」

ジードとジードだけで会話が繰り広げられている。

他の人たちは、私を含めて傍観に徹していた。

「随分と警戒されているな」

未来のジードが肩を竦《すく》める。

彼の様子を見て、ぴくりと震えたのは何人だろう。

ルイナが崩壊した建物から顔を覗《のぞ》かせる。

「おやおや、話を聞いていたが未来のジードも未《いま》だに癖が抜けていないと見える。まあ私は？　ジードの妻だから？　気づいてしまったけれど？」

「おあいにく様ね。私も気づいているわよ。なんなら、あなたが気づく前から気づいているわよ」

「ほお？　言うじゃないか、我が妹よ。本当にわかっているのか？　適当な大口を叩《たた》いてしまって内心は生まれたての子羊のようにぶるぶる震えているんじゃないのか？」

「いいじゃないの。じゃあ一緒に答えましょうよ」

「いいだろう、ではいくぞ」

「──未来のジードは嘘《うそ》をついてるよ！　ジードは嘘をつく時、手をぎゅって握るもん！」

トランプをしている時に見つけた癖だ。

ジードは普段から戦闘を意識して癖を作らないようにしている。けど、いつも一緒にいてずっと見ている私達は気づける。

ユイが隣でこくこくと頷《うなず》いている。

クエナとルイナの視線が怖い。

どうやら私の出番ではなかったみたいだ。

一緒に答えるって話してたから言ったのに……。

「……はぁ。無意識のうちに罪悪感を覚えてしまったのかもな。そんな癖があるとは知らなかったよ」

未来のジードが自分の手を見つめながらため息をついた。

ジードが尋ねる。

「なにをするつもりなんだ？」

「聞いてどうする？」

「聞いてから考えるよ」

「それはそうだな」

ははっ、と未来のジードがお腹《なか》を抱える。

でも、笑ったのは少しだけ。すぐに真面目な顔になって口を開いた。

「無限のエネルギーについて、アステアから聞かされたよな？」

「ああ。俺の身体は魔力を無限に生み出せるって話だよな」

「そのとおり。その身体をつくるためにアステアは何度も何度も文明を滅ぼしてきた。そして、その悲劇はあらゆる世界の俺達にも降りかかってくる。それを止める方法がある」

「止める……方法？」

「そうだ。無限の魔力で過去に遡ってアステアの計画を潰すんだ」

リフが顎に手を当てる。なにやら考える仕草になった。

「そうか。アステアの動きを事前に止めることは可能か……」

リフがぼそりと呟《つぶや》く。

私にはわからない会話内容だけど、一部の人には理解できているみたいだった。

そして、きっと大事なことだ。

邪魔はできない。そう思っていた――

「もちろん使うのは自分の身体だよな？」

「魔力変換もタダじゃない。相当量を変換するには相応のコストがかかる。身体は負荷に耐えるために睡眠状態になるだろう。つまり、寝たきりになる。当然ながら俺の身体を使うことはできない。だから寝たきりになった過去の俺との間に魔力の供給路を繋げて、無限の魔力を利用させてもらう」

「――そんなのダメだよ！」

つい言葉が出る。

未来のジードが戸惑っていた。

あまり考えずに口を衝《つ》いて出たけど、考え直してもイヤだ。

寝たきりってことは、ジードと遊べなくなるんだよね。一緒にいられなくなるんだよね。身体はあるのに、魂は別の場所にあるんだよね。

そんなのはイヤだ。

私は今のジードが好きだ。未来のジードとか、過去のジードは大事な人かもしれないけど、好きなのは今のジード……でも、その時代ごとに私がいる。その時代のジードを好きになった私だ。そんな私の気持ちを考えるといたたまれなくなる。

「……過去がダメなら、未来の俺の身体を使えって？」

「それもダメだよっ」

あまり否定する言葉を使いたくない。でも、つい感情がそのまま出てしまう。

声を荒らげる私を、クエナ達が驚きの目で見ている。

「じゃあ、どうしろっていうんだ」

それは――威圧……ではない。

むしろ反対に位置するような声色だった。

弱々しく、今にも崩れてしまいそうな声のまま、未来のジードが続けた。

「わかるよ。俺も似たような気持ちだ。辛いし、悲しいし、きっと俺はおまえ達にとってクソみたいなやつだよな。

けど、これしか方法がないんだよ。おまえたちは見たことがない。アステアに滅ぼされた世界を。でも、俺は何度も見て来たんだよ。世界はどんどんズレていく。俺が干渉するたびに分岐して、これまでとは違う歪《ゆが》んだ世界が産み落とされる。だから、俺は知っている。俺が救えた世界もあれば、救えなかった世界もある。

救えなかった世界ではみんな死んだ。俺も、クエナも、シーラも……全員だ。人族だけじゃない。魔族やエルフ、獣人族も全滅した。ひとりも生き残っちゃいない。

そんなの許せないだろ。だからすべての世界のアステアは悉《ことごと》く潰していかなければいけない」

これまで見てきた凄惨なものを、悲痛な声が伝えていた。それは想像もつかない苦難なのだろう。直接胸を打ってくる。

私はそれ以上なにも言えなかった。

「ふむ。しかし、ひとつの身体《からだ》だけで足りるのか？」

リフが顎に手を当てながら物思いに耽《ふけ》る様子で問いかける。見ようによっては呟いている風だ。

「理論上は問題ないはずだが、足りなければ他の世界から新たに身体を探し出して使うしかないだろうな。いくら無限のエネルギーを生み出せる身体だとしても不老不死の魔法でも発明しない限り、いつか寿命がやってくる。生み出せるエネルギーは無限でも時間は有限というわけだ」

「わかっておるではないか。やはり無限の過去を無限のエネルギーで救おうとしても、終わりが見えぬ気がするのう」

リフが眉をひそめながら苦言を呈している。

未来のジードは縋《すが》るような目でリフを見た。

「じゃあ、リフは代わりの手段を知っているのか？」

「さての。滅んだ世界を実際に見たわけでもないから、おぬしの怒りすら完全に理解してやることはできん」

「……だろうな。だから、俺は俺の道を歩むだけだよ」

それは決別だ。

私はどうしたらいいのだろう。

あのルイナやリフがなにも言えそうにない。なにが正解なのかわからないからだ。クエナだって、ユイだって。ネリムやソリアだって。

でも、ジードは違った。未来のジードじゃない。今のジードだ。

「かっこいいな」

それはちょっと意外な言葉で。

未来のジードも戸惑いを見せていた。

「……かっこいい？　俺が？」

「だって、なんか賢いこと言ってるじゃん。リフとあんなに話せるなんて今の俺からしてみればかっこいいよ。エイゲルと相談したのか？」

「そ、それは……」

未来のジードが言葉に詰まっている。

照れているのだろうか。

「慎重だけど、かっこいい。きっと、俺も滅んだ世界を見たら同じようなことを頑張っていたと思う。……だけどね、慎重すぎるよ」

「……」

「止めるよ。お前の進む道の先にいる、寝たきりの俺たちが可哀《かわい》そうだ」

端的な言葉だった。

私と同じ感情だ。

未来のジードも「でも、結局は別のジードだろ」などとは言わない。彼もやはり同じ気持ちなのだ。

「――止めてみろ。できるならな」

言って、未来のジードが魔法を行使した。

「アステアを滅ぼすのにそれなりの力を使った。それに早急に救わなければいけない世界もある。次に会うのが決着の時だ」

転移のように一瞬で消えたけど、きっと元の世界に帰って行ったのだろう。

◇

唖然《あぜん》とした空気が漂っていた。

あまりにも未来のジードの来訪は突然で、話が難しいものだったからだろう。私のように理解を諦めた人間はともかく、たとえばリフは頭を悩ませているようだった。

こういう時の態度で性格が出るのだろう。

「くくっ」

ルイナが急に笑う。

それからジードを見る。

「ジード、なかなか面白い質問をしていたな」

「え？　どういうこと？」

クエナが聞き返す。

自分でも気が付けなかったことを、ルイナが気づいた。そのことにやや不満そうだ。

「未来の俺はきっと誰にも相談していないよ」

疑問に答えたのはジードだった。

それから、ルイナが頷いた。

「そうだな。相談したかと聞いた時、かなり動揺していた」

「は、恥ずかしがってるだけかと思ってた……！」

衝撃の事実に、感想が口を衝いて出る。

「その可能性もあると思いますが、シーラさんは未来のジードさんと接した時にどう思いましたか？」

「あまり気持ちの良いものじゃなかったですっ」

手をパシリと挙げる。

ソリアは口調も相まって先生のような雰囲気があるから、自然と身が引き締まる。

「はい。では、未来の私たちはどう思うでしょうか？」

「それは……同じ……かな？」

「私もシーラさんと同じ意見です」

ソリアが笑む。

なるほど！

ふむ。

………ふむ？

リフのように顎に手を当ててみても賢くはならない。それだけはわかった。

「つまり未来の私たちに相談していたら止められているってことじゃない？」

わかっていない私を見かねて、クエナが救いの手を差し伸べてくれる。

たしかに、それなら単に照れているだけじゃないという説明になる。

満足して頷《うなず》いた私を見て、ルイナが口を開く。

「では——」

「私は未来のジードに賛成よ」

ルイナの言葉を、ネリムが遮った。

「ネリム？」

聞き間違いを疑い、問い返してみる。

けど、ネリムは迷うことなく、真っすぐな眼差《まなざ》しでジードを見ていた。

「アステアは許せる存在じゃない。あれは異常な暴走をしたマジックアイテムよ」

「では、未来のジードさんがしようとしていることは許せるんですか？」

ソリアが聞く。

「比較対象はアステアよ。もちろん許せる。ジードについても魔法技術が進化すれば……あるいは寝たきり状態を解消できるかもしれないじゃないの」

「その根拠は？」

ルイナが聞く。

「あるわけないでしょ。そもそも未来だのなんだの。あんな高度な魔法は私にはムリ」

「なら、そんなこと軽々しく言わないで」

クエナが言う。

あのクエナまで言う。

ジードを好きな人たちからすれば、ネリムの言葉は許されるものではないんだ。

でも、詰めてくる三人に対して、ネリムは苛立《いらだ》ちを見せる様子はない。自分が否定される理由を知っているからだろう。そして、もしかすると、その気持ちをわかるから……かもしれない。

「……私だって別にこんなこと言いたいわけじゃない。普段からジードのことを嫌いだって言ってるけど、そこまで嫌いってわけじゃない。じゃなければ一緒にいなかった。――スティルビーツって知ってるわよね？」

ネリムの視線がジードに向く。

ジードは頷いて口を開いた。

「ああ、ウィーグとかフィフのいる国だ。てか、あいつらが王族だったか」

「私の好きだった女勇者がスティルビーツの王族よ。血縁の血縁……くらいの関係で、そのウィーグとかフィフってのは遠い子孫だけどね。あなたはそのスティルビーツを何度も救ったって聞いた。だから、あなたは私の好きな人の思い出の場所を守った。嫌いになれるわけがない」

「おまえ……」

ネリムが心を開いたように喋《しゃべ》る。

いいや、元から開いてはいたのだ。

ただ明確に自分から話すことはなかった。それだけのこと。

「いや、でもやっぱり嫌いだけど」

「どっちだよ……」

その掛け合いもこなれたものだ。

二人の仲は悪くないと、私は思う。

「胸を揉《も》まれた感覚とかまだ残ってるし、キモイ」

「む、むむむ、胸を揉まれた!?」

ソリアが動揺する。

「そ、それってシーラの身体に乗り移っていた時だろ⁉」

「感覚は私のものだったのよ。あんたの手で実際に触れられているみたいで腹が立つ」

私の身体のことなのに、私は知らない残ってない！

なんとも羨ましい……

いや、けしからん！

ソリアも「ぐぬぬ」と口を固く結んでいる。

「じ、事故だったわけだし、許してくれよ……」

「むり」

「んな理不尽な……」

軽快な会話で、ネリムも本気で怒っているようではない。

本来ならネリムは嫌悪感でいっぱいになるはず。

でも、むしろ険悪な空気なんて微塵《みじん》も感じられなかった。

それなのに。

「だから——本気で戦って欲しい」

「本気でって……」

クエナが言いかける。

それは「本気でジードと戦うつもりなの？」と尋ねそうになったのを、ネリムのプライドのために止めた風にも捉えられた。

「殺すつもりで行く。断らないわよね？」

ネリムが殺気立つ。

私も随分と強くなった自負があるけど、怖気《おじけ》づいてしまうくらい、ネリムのオーラは尋常じゃなかった。

ユイはルイナを庇《かば》うようにして立っているけど、おそらくユイでも……。

そんな中でジードだけは悲しそうにしていた。悲しそうに感じられるだけの余裕があった。明確な実力の差だ。

「……ああ、そうだな。いいよ」

「なっ」

驚いたのはソリアだった。

彼女は平和を求めている。誰も傷つかない世界を望んでいる。訓練程度なら見過ごすだろうけど、ネリムは殺すつもりと言っていた。

それをジードが受け入れたのは予想外で反対の言葉が口を衝いて出そうになったのだろう。でも、ジードの眼差しを見て、押し黙った。

「ありがとう。受けてくれなかったらどうしようか考えてたから助かるわ」

ネリムが剣を構える。

リフが魔法を展開した。

「では、場所を変えるぞ。ここでお主らが戦闘したら被害の予測もできん。付いてきたい者は？」

リフが見ているのは私やクエナだ。

たしかに二人の戦闘には興味があった。

真剣な勝負だからネリムに失礼かもだけど、さらに上を目指したい気持ちはちょっとある。ジードに貢献できることが増えるのは良いことだから。

「ふん。ま、ここは大目に見ておいてやる。私は奪還したばかりの首都について話し合ってくる。ユイも付いてきてくれ」

「はい」

言って、ルイナとユイが部屋から出ていった。

残ったのは戦闘に巻き込まれても問題がない面々ばかりだ。

なんだかんだでリフも興味津々に鼻息を荒くしている。

でもソリアだけは違った。彼女は心配そうに見ている。怪我《けが》をしたら即座に治すつもりなのだ。優しい。

私、クエナ、ソリアが手を挙げていた。

「それでは、転移」

視界が明転する。

そこは荒野だ。

人影はない。

ネリムの剣がビュンビュンと風を切る。

戦いは唐突に始まった。

「じゃ、始めるわよ」

音はなかった。

ネリムが風よりも速く突き進む。

剣をすくい上げるようにして振るう。空気を裂かんばかりの鋭さだ。

ジードの方は身を少し捩《よじ》るだけ。見切っているのだ。

けど、ジードの眼下に迫ったネリムは激しい攻勢に出る。

私だったらどう受けるだろうか。

受けきれるだろうか。

ダメージを被らないで戦えるだろうか。

いや、きっとジードのようにはいかない。

あのネリムの速さだ。

致命傷には至らないだろうけど、完全に避けきるのは難しい。
受けるのはもっと難しいはずだ。
それでも、昔と比べれば戦えている方だ。
生半可な戦闘能力ではネリムの初撃で昇天している。
でも、やっぱりジードは別格だった。
ネリムの剣は衣服をかすることすらできない。
魔法を織り交ぜても敵《かな》わない。
ネリムが顔を歪《ゆが》めている。
苛立ちが伝わってくる。
「私は本気で殺し合うって言ったわよね!? 死んでも構わないのに……!」
「殺せない。今までの戦いで、もう力の差は分かるから」
本気で殴り合うことも殺し合うこともできる。
けど、それは一方的なものになりかねない。
いや、なるだろう。
見ているだけでわかる。
ジードが一撃を加えるだけで、ネリムは立てなくなる。
でも、ジードは手を出さない。

そのことにネリムは怒っている。

覚悟を踏みにじられている気分なのだ。

「ふざけ――」

「俺はワガママだ。ネリムが嫌いだって言うのも分かる。でも、俺はネリムにも死んでほしくない。殴りたくない」

ネリムの望みはなんだっただろうか。

それはアステアを滅ぼすことだ。

未来永劫《えいごう》だけじゃない。

過去のアステアも含めて全て滅ぼすことだ。

だから、彼女は未来のジードに賛成した。

でも、今のジードは反対している。

そして、ネリムは今のジードに抗《あらが》う術《すべ》を持たない。

ネリムは負けず嫌いだから、なにもしないで自分の意見を押し殺したくなかったのだ。

「……そう。それは私も同じ」

ネリムが剣を下ろす。

もはや戦闘の意志はないようだった。

「なんじゃ、もう終わるのか？　せっかく魔法を展開した意味がないではないか」

リフが不満げに口を尖《とが》らせる。

ネリムはそれを見て、少しだけ疲れたように笑った。

「信頼することにしたから」

ああ、そうか。

その一言で理解した。

ネリムはジードのワガママを、結果的に「良いもの」だと思ったんだ。

ネリムは戦いを通じて探していたのだ。

自分が本当にやるべきことは何なのかを。

本当は負けて清々《すがすが》しく終わりたかったのに、「コイツを負かすのも、負かされるのも違う」と考えてしまったんだ。

「……もう終わりでいいか？」

「ええ、いいわよ——何もできない私にできることはジードに託すことだけだから」

ネリムが肩を竦《すく》める。

今の彼女に迷いはなかった。

そんなネリムを見て、ジードがニヤリと笑んだ。

「そうか。なら、もうやることはひとつだ。未来の俺を止める方法を思いついた」

「くく、言ってみろ」

どうやらリフも思いついていたようで、示し合わせたように笑っている。

ジードが言う。

「ああ、題して『告げ口作戦』だ」

◇

あれから数日が経《た》った。

ウェイラ帝国の首都の復興は目覚ましく、今では王城に戻って住んでいるくらいだ。

アステアから「昔の世界は魔力がなかった」と言われたのを思い出す。魔力がないということは、魔法も同様に存在しないのだろう。そうなると復旧はこんな簡単には進まず、さらに遅れてしまうのだろうか。

魔法のない世界を想像しようとしたが、今はそんな状況とはかけ離れているので断念した。

少なくとも魔法があって、王城はすぐに復旧した。それが事実だ。

その王城には大きな広間がある。そこに俺とクエナ、ルイナ、リフが集まっていた。

「じゃあ、やるわよ」

「ああ、がんばれ」

これから未来や過去を変えるほどの大仕事を成し遂げようとしているが、ここにいるのは何気なしに集まったメンツで大した理由があるわけじゃない。

正直『事の重大さに比してそんな適当でいいのか？』とか思ったが、大戦闘が起こるわけでもない。リフやルイナが知っていればいいだろう。

「ぐぬぬ……」

クエナが目を閉じながら集中している。

額には汗が流れており、一生懸命な様子が伝わる。

「まったく、ジードに任せれば一瞬だろう」

「うっさいわね！　私がやりたいのよ！」

「かっかっか、よいではないか。若人の挑戦したいという心意気は老婆にはたくましく思うぞ」

ルイナが愚痴を言い、リフが茶化している。邪魔をしているようにも見えるけれど、クエナの魔法はゆっくりだけど着実に展開されている。大した集中力だ。

不意にルイナがクエナの後ろに迫る。

「どれどれ」

「おいおい、危ないぞ」

魔法は複雑なものだ。

手順ひとつ間違えれば治癒魔法が攻撃魔法に変わることだってある。

ルイナが手をわちゃわちゃとさせてクエナの後ろから迫る姿はなにかイヤなものを予感させた。

「ほぉら、もう何日も待ってやってるんだぞっ！」

クエナの胸部が揉《も》みしだかれる。

それは厳格で傲慢に振る舞っているルイナにしては珍しい若い者のノリだった。

しかし、ルイナの言うとおり、作戦がすぐに開始されなかったのはクエナの意地だった。

クエナの高難易度の魔法は自分で行使したいという願いから練習期間が設けられている。

未来のジードが一向に現れる気配がないからこそできたことだ。

クエナの目がカッと開かれた。

「あっ」

魔法がうまく構築されていた。

ルイナの手の内にある双丘が一回り膨らむ。

「――なにやってんの？」

クエナ……とは似ているが少し違う、大人びた声が若干の苛立《いらだ》ちを含みながら、背後のルイナめがけて放たれた。

それはクエナの成長した姿だ。

つまり突然現れたのは未来のクエナになる。

「ほほう、順当に美女に育っておるのう！」

リフの言う通り、絶世の美人と讃《たた》えらえるほどの美女がそこにいた。

クエナとルイナは姉妹で、ルイナの方が年上のはずだ。

しかし、現在では年齢が逆転している。

その証拠にクエナの圧は凄《すさ》まじく、あのルイナがイタズラがバレた子供のように動きをピタリと止めた。

「……じ、事故だ」

「ピンポイントで胸を揉める事故なのね？」

「いいい、いひゃいいぃぃ……！（痛いいい）」

未来のクエナはルイナの頬をつねりながら叱りつける。

なんだか雰囲気や喋《しゃべ》り方《かた》から母親って感じがする。大人びている姿はもちろんのことだけど、なんだか凜々《りり》しい感じも増していた。

◇

俺の考えた『告げ口作戦』の概要はこうだ。

未来の俺がやろうとしていることを、未来の誰かに伝える。

シンプルでベストなものだと思う。

俺だって今のクエナに叱られたらシュンとなってしまうので、後ろめたいことをしている場合は特に効果的じゃないだろうか。

「――なるほどね。なんか最近色々しているとと思ったけど、そんなことになってたのね」

未来のクエナが腰に手を当てながら言う。

仕草は今のクエナとあまり変わっていないようで、なんだか安心感が芽生える。

「大変だと思うけど、なんとか未来の方で止めてくれないか？」

「ええ、必ず止めるわ。迷惑をかけたわね」

その言葉には確固たる自信があった。

そして、なにやら一抹の不安を覚える。

『失敗しそうだな』という類の不安ではない。むしろ逆で、『ああ、成功するんだろうな』という軽い悲嘆のようなものだ。

なにが言いたいかというと……絶対尻に敷かれているんだろうな。

「まさかクエナを頼ることになるとはな」

ルイナが言う。威厳あり気に腕を組みながら立っているが、先ほどまでつねられていた頬が少し赤い。

なんとも堂々とした姿に、未来のクエナはうんざり顔になっていた。

「なんだか安心するわ。あんたって今も……いえ、あんた達《たち》からしたら未来か。未来でも全然変わってないわよ」

「変わる必要がないからな」

ルイナは不敵な笑みを浮かべている。

「ふふ、変わってないって言えば……懐かしいわね」

未来のクエナがリフの頭を撫《な》でる。

我が子を慈しむような眼差《まなざ》しだ。

「お、おぃ！　見た目よりも遥《はる》かに年上なのじゃぞ！　未来から来たお主よりも長い時を生きておるのじゃぞ！」

リフがぷりぷりと怒っている。

しかし、クエナは撫でる手を止めない。

「そうね。知ってる。知ってた。あんたはもっと歳《とし》が上なのよね」

クエナとリフはなんだかんだで仲が良い。

でも、そうだよな。

あちらは確定している世界で過去に何があっても歴史の流れは変わらない。

だから、リフは十年後の未来にはいない。

未来のクエナが懐かしむのも納得できる。

それを察して、リフが笑む。

「なんじゃ、髪の毛の一本くらいなら土産にくれてやらんでもないぞ」

「いらないわよ」

クエナが即答した。

その代わり、何度もリフの感触や温度を確かめている。

「なんだ、帰らないのか？　私としては、はやいところ止めに行って欲しいのだがな」

「はいはい、わかったわよ」

「それで……また来たかったら未来のジードにでも頼め」

それは暗に「また来い」と言っているようなものだった。

ルイナは壊滅状態にあった王城で、ロクな歓待もできないことを心苦しく思っているのだろう。

同時に「未来のジードを無事に止めてくれ」とも伝えている。

クエナとルイナが視線をかわす。

なんだかんだで血のつながった姉妹だと思わされる。俺にもわからないアイコンタクトをとっているようだった。

「あんたもなにか大変なことがあったら呼びなさい。特に子供の世話は覚悟をしておいた

方がいいわ。あ、でも未来のシーラの方が凄《すご》いからそっちに頼った方がいいかもね」

「ふん。私の子供なら手がかからないに決まっている」

「なんならルイナのところが一番厄介よ」

クエナが額に手を当てる。

どうやら頭痛のタネでも思い出したようだ。

「ま、いいだろう。必要なら頼ってやる」

「それから……ネリムには気をつけなさい」

「なんだ。あいつの子供が一番すごいのか？」

「まぁ手がかからないって意味ではそうかもね」

おいおい、普通に話しているけどネリムに子供いるのかよ。いや、流れ的に俺との間にできているのだろうけど……

ガサリと遠くの茂みが揺れた気がした。あれは……。

「けど」と言って、未来のクエナが続ける。

「気をつけるべきは本人よ。一体どこで本性を隠していたのやら。私じゃなくてネリムを呼んだ方が未来のジードを手懐《てなず》けられていたかもね」

「……なるほど。わかった、気をつけよう」

一体なにがわかったのやら。

普段は犬猿の仲の二人が同盟を組んだような気がした。

それから、未来のクエナは帰還して姿を消し、入れ替わりに今のクエナが戻ってきた。

「どう？　解決した？」

クエナは戻って来るなり尋ねてきた。

「どうやら解決しそうじゃぞ。そっちは未来旅行どうじゃった？」

リフが目を輝かせながら聞く。

未来の光景が気になって仕方ないようだ。

「ああ、なんか子供がいたわね。耳が長かったからエルフじゃないかしら。王城にいて接待されたけど、なにがなんだか」

「ほう、エルフとな」

リフがニマリと頬を歪《ゆが》ませてこちらを見る。

なるほど、どうやらリフには心当たりがあるようだ。そして、偶然ながら俺にもある。

クエナとルイナの鋭い眼差しがこちらを射貫いている気がしたが、目を逸《そ》らすことでなんとか避ける。

いや、残念ながら避けきれないようだ。

クエナが一歩こちらに向かって前進してくる。追及の構えだ。

しかし、クエナが口を開くよりも先に周囲の魔力の流れが変わる。

「ず、ずびませんでした……」

目にはアザができていて、頭にはたんこぶができている。

見るも無残な姿で、未来の俺が現れた。

随分と仕事がはやいな。

どうやら効果はてき面どころではないようだ。

未来の自分の痛々しい姿はこっちまで辛《つら》くなる。これまで感じていた貫禄《かんろく》はすっかり消え失《う》せている。これが俺の未来か……

「さ、参考になにがあったか聞いていいか?」

そんな疑問が真っ先に出た。

「ク、クエナがみんなに教えた……」

「も、もちろん抵抗とかそういうのはしなかったんだよな。傷つけたくないから。だからそんなにボコボコにされたんだよな」

さすがに汗が出る。

冷静に考えて、俺はなかなか傷つかない。殴られても怪我《けが》ひとつしない。それだけ頑丈な身体《からだ》だからだ。

それなのに未来の俺はどうだ。どうしてこうなっている。

淡い期待を抱きながら返事を待つけど、

「……」

未来の俺が押し黙る。

やばい。うかうかしていられない。

明日からまた鍛え直さなければ涙で枕を濡《ぬ》らす未来になりかねない。

「それで、考えは改めたのじゃな」

「ああ。計画はエイゲルと俺だけの秘密だったんだ。でも、エイゲルはもう協力してくれないって言うし、どうしようもない」

「ふむ、なるほどのう」

それにしてもあっさりと身を引いたな。きっと未来の俺としてもそこまで気の進む計画ではなかったのかもしれない。

「でも、どうするんだ？　俺達の考えた計画以外の手段はあるのか？」

「それじゃがの。おぬしらの考えた手法は単純にコスパが悪い気がするのう。たとえば、様々な世界のジードに魔力を貸してもらい、過去のアステアを葬ることはできないのか？」

「貸してくれるのか？」

「おぬしらだったらどうじゃ？　過去の自分が困っているかもしれない時、協力するか？」

「「貸すさ」」

未来の俺と言葉が被《かぶ》る。

クエナが口元を押さえて「くすっ」と笑った。可愛《かわい》い。

「けどさ、やむを得ない事情で貸せない時があるだろ？」

「おぬしが魔力を貸せないほどの事情か。想像すらしたくないの。が、それはもはやアステアとは別の脅威になるじゃろうから、その時になって考えねばならん」

他にも考えることは多そうだ。

しかし、そういった調整は追々やるということだろう。きっとリフはあくまでも大筋を計画しているだけに過ぎない。

「……なるほどな。でも、魔力足りるのか？　それに俺が言うのもなんだが、無限にある世界のすべてを助けることなんてできるのだろうか？」

「今はなんとも言えん。ただ、おぬしは無限の世界が存在するという前提で話をしておるが、その存在を証明することはできないのではないか？　無限を観測することは不可能じゃからな。数が多いだけで本当は有限かもしれぬ」

「……たしかに、そうかもしれないが」

未来の俺はやや不服そうだった。

きっと、心配なのだろう。計画が進められなくなった今でも、みんなが死んでしまうような事態が来ることを恐れているのだ。

「ま、安心せい。わらわの寿命は誰かのおかげで延びたのじゃからな。思い出せ。過去と未来を行き来する魔法を開発したのは誰じゃ？　次元を超えて精霊界まで連れて行ったのは誰じゃ？　わらわはこれからも生きておる。任せるがよい」

ない胸を張りながら、リフがドヤ顔で問いかける。

緊張が解けるようにして、未来の俺が朗らかな顔を見せた。

「そうだったな。リフがいるから可能性が拓《ひら》けた。今の俺には――いや、これまで見てきたどの世界にもない可能性だ」

少しだけ寂しそうな顔をしている。

「自分に可能性がないなんて言わないでくれ。本当は俺も『寿命だからしょうがない』って思った。リフも納得していたから、俺がわざわざ無理を押し通すことはないって思ってた。けど、未来の俺を見て考え直したんだ。辛そうだなって。きっと、リフの力が必要になるって」

「その通りの結果になったというわけか」

未来の俺は『おめでとう』とは言わない。

リフを生かす選択がどんな未来を呼び寄せるのか、まだ分からないからだ。

でも、ひとつだけ確かなことがある。

「これも未来の俺のおかげだよ」

「俺の？」

「ああ、もしも今の俺が選択を失敗しても助けてくれるって信じていたからさ。だから、思い切ってリフを延命させるって選択ができたんだ」

「……そうか。俺の行動も無駄じゃなかったんだな」

未来の俺がぼそりと呟《つぶや》く。

すっきりと気が晴れたような顔だ。

時々見せる陰りはなりを潜めている。

どれだけ凄惨な光景を見て来たのか、どれだけの寝られない日々を過ごしてきたのか。

不意に隅の茂みから一人の女性がひょこりと顔を出す。

「ね、ねえ。今まで話を聞いていたんだけどさ、未来って変えられるのよね」

ネリムだ。

未来の俺が頷《うなず》く。

「ああ、変えられるぞ」

「よかった……！」

ネリムが胸を撫《な》で下ろす。

どうやらずっと気にかかっていたようだ。

その様子を見て、ルイナが片方の眉を下げる。

「なんだ、ずっと聞いていたのか？」

「そりゃそうでしょ。私は未来のジードに賛同したわけだし、結果がどうなるのか気になったのよ。本当は見守るだけで終わるつもりだったけど……」

「ふむ。そしたら他に気になることを聞いた、というわけじゃな」

アステアの話から広がった、家族の話のことを言っているのだろう。

未来のクエナがネリムの子供に関して喋《しゃべ》っていたからな。

「でもよかった。私の意思が盤石なら結婚はありえないのね！」

「まぁそうだな。どの未来でも結婚しているみたいだけど」

「……」

ネリムの目から生気が消えた。

なにも悪いことをしていないはずなのに、良心の呵責《かしゃく》がある。

「な、なあ、ネリムさん……あれだよ。別に俺はネリムと結婚する気ないからそこまで落ち込まないでくれてもいいぞ……？」

「それはそれでムカつくって分からない？」

ネリムがジロっと睨《にら》んでくる。

じゃあどうしろってんだよー！！！

心の叫び声は漏らさない。今のは自分でもネリムの魅力を貶《おとし》めるような言動だと反省しているからだ。

いや、でもそれ以外にフォローのしようがないんだ。

もうあまり触れるべきではないのかもしれないな……

未来の俺が失笑した様子を見せてから、改めて真剣な眼差《まなざ》しで俺と向き合う。

「これから忙しいぞ」

その言葉には俺の想像を超えるほど、重い意味が込められているだろう。

未来の俺が経験した以上のことが起こる可能性だってある。

それでも。

「ああ、でも頑張るよ」

結局のところ、俺にやれることをやるだけだ。

今をがむしゃらに働くだけだ。

未来の俺は満足したようで、首を縦に振った。

「なにかあったら呼んでくれ」

「その時は頼りにさせてもらうよ」

「ああ、任せろ」

未来の俺が拳を差し出す。

それに拳で応えた。

それから未来の俺は本来いるべき場所に帰っていった。

これで未来の俺の肩の荷も下りただろうか。そうだといいな。

◇

夜の寝室。

ふかふかのベッドに俺とルイナは寝そべっている。

復旧活動や残った精霊の鎮圧に勤《いそ》しむ日々が続き、休みは中々訪れない。

俺としては一日に数時間程度の休みがあれば残りのすべてを労働にあてられるのだが、休日の誰かと過ごす長閑《のどか》な空気が何よりも大事だと感じられるようになっていた。

今はその数時間程度の休みの最中だ。

緊急で呼び出されることもあるので、近くの椅子には衣服が用意されている。

「なぁ、ジード」

「どうした？」

赤く鮮やかな髪が俺の胸板に垂れる。

ルイナが俺を枕にして眠るような体勢になっていた。横向けになっているから、視線は俺の方にある。大きなベッドの贅沢《ぜいたく》な使い方だ。

「いや、おまえが落ち着く日はあるのかなと思ってな。どこか遠くに行ってしまいそうで、確かめるように呼んでみたんだ」

「俺はずっと傍《そば》にいるよ。精霊との戦いが終われば、戦闘もそこまでしなくなるんじゃないかな」

「命がけの戦いもそうだが、私が言っているのは女性関係のことだよ。ネリムとか、エルフとか」

「うっ……あれは未来の俺が言ったことで、この世界までそうなるかと聞かれれば、別に確実ではないんじゃないか？」

自分で口にして思う。随分と苦しい言い訳だ。

未来の俺が「どの未来でもネリムと結婚している」と言ってくれたおかげで、最近はクエナ達《たち》からも冷たい目線を向けられている気がする。

「そうか？　ネリムも満更ではなさそうだがな」

「冗談だよな。俺と結婚するか俺を殺すかの二択なら、まず間違いなく殺されるけど」

「おまえは殺せないのだから、結婚するしかないじゃないか」

あはは、とルイナが明朗に笑う。

この会話がネリムに聞かれていないか冷や汗ものだ。俺はたまに彼女から尋常じゃない殺気を感じとるまでになっているのに。

ルイナの手が俺の眼下に寄せられる。手には箱があった。

「――ほら、これ」

箱を受け取る。

華やかな刺繍《ししゅう》が施されており、一目で特別なものだと分かる。

ずっと持っていたのだろうか。

ルイナの体温が箱に残っている。

「開けていいのか？」

「ああ」

重厚な上蓋を開ける。

寝室には淡い光源しかないが、箱の中は眩《まばゆ》いばかりに輝いている。入っていたのは指輪だった。

指輪の上部には三つのダイヤモンドが付けられていて、相当高価なことが窺える。

「これって……」

「それでプロポーズをしろ」

「え、ネリムに？」

「違う。クエナだ」

会話の流れ的にネリムかと思った。

未来の話でネリムにキレられているのに、プロポーズなんてしたらおちょくっていると思われてヒドい目に遭うのは必至だ。

って、え。

「クエナに？　これを？」

「そうだ。しかし、面白そうだからネリムでも構わない」

「勘弁してくれ……」

ルイナのからかい癖も困ったものだ。

唐突に真面目な顔になる。

「……クエナのこと、好きか？」

「ああ、好きだよ。大事な時に一緒にいてくれた人だ」

聞かれて、すぐに答えられた。

それが俺の本心だからだろう。

「愛しているか？」

「ああ、愛しているよ。どんな時でも一緒にいてもらいたい人だ」

答えながら、ふと思った。

なんだかルイナにしては珍しく、俺に探りを入れるような聞き方だ。

きっと、彼女なりにクエナを気遣っているのかもしれない。

結婚をする際に相手の両親にお伺いを立てると聞いたことがある。ルイナは親代わりで俺の真意を見出《みいだ》そうとしたのだと思い至る。

クエナが知れば「余計なお節介」なんて言うだろう。

聞き終えて満足したのか、ルイナは頬を軽く膨らませた。

「まったく。妬《や》けるぞ」

「ルイナのことも好きだし、愛しているよ」

ルイナの目がきらりと潤んだ。ような気がした。

少し口角が緩んでいる。ような気がした。

それでも手を叩《たた》いたり跳ねたりするような元気な表現はしない。

「お世辞でも嬉《うれ》しいよ。でも、私のことはあまり好いていないだろう」

「どうして？」

「私との結婚は無理やりだったからな。納得のいかない部分があるんじゃないか？」

その不安そうな言葉を淀《よど》みなく口にできるのはルイナくらいなものだろう。ルイナが動揺することはないが、少しだけ体温が冷たくなったような気がした。

「そんなことはない。ルイナの男らしいところが好きだよ」

「それは褒めているのか？」

「でも本当はちょっと女々しいところも好きだよ」

「褒めてないだろ？」

ルイナが抗議するような目つきでこちらを睨む。

「好きなジュースを飲んでいる時、髪をいじるのが好きだ。たまに鏡を見てドヤってするのが好きだ」

「お、おい？」

無心に好きなところを挙げていると、ルイナはエサを与えられすぎたネコのように当惑し始めた。

それでも俺は止めない。

「不安を隠している時に結婚指輪を見ているところが好きだ。シーラに毎回『美味《おい》しいよ』って伝えている優しいところが好きだ」

「も……もう許してくれ……」

ルイナが一瞬だけ顔を紅潮させたように見えた。それ以上はルイナが俺の胸元に顔を埋《うず》めてしまって確認できなかった。

「ルイナにはいっぱい助けられた。でも、きっとルイナが弱くても俺は好きになっていた。愛していた。そんな気がするよ」

「……弱かったら、おまえに会えてはいなかったよ」

ぎゅっと俺の衣服が握られる。

ルイナの吸う息が伝わる。

「――でも、ありがとう。ジード」

「ああ」

◇

「暑いのー。数が多いのー」

リフが愚痴を吐く。声は上の方から聞こえてくる。魔力供給の都合もあるが、暑くて歩きたくないそうなので、俺がリフを肩車している。

リフは棒アイスを頬張っており、服をパタパタとさせて風を作っていた。

眼前には精霊の死体が転がっている。

アステアは壊れたので、精霊の回収が行われなくなった。

だからこうして暴走するだけになった精霊を殺して回らなければいけない。人に危険が及び、制御することもできないからだ。

「『キング級』がまだどこかにいて精霊が無限に生成されていることはないと思うけど、俺もちょっと多いと思う」

「戦闘力がない者は未《いま》だに外壁から出ることが敵《かな》わんからのう。貿易商も大変じゃろう」

そう言うリフの表情にはちっとも労《ねぎら》いや同情の気持ちがない。

精霊は強力な個体が多いためギルドへの依頼が殺到している状態で、彼女からしてみればウハウハなのだろう。

難易度的にBランク以上が大半だが、精霊は行動パターンがわかりやすいため、Cランク以下でもパーティーの人数が多ければ受けられるという条件緩和があり、依頼の受理はそれほど難しくない。

護衛依頼となれば難易度がさらに低くなる。

とはいえ、依頼の回転率が高くなるということはギルド側も手数料を下げられるというわけで、結果的にはウィンウィンになっているようだけど。

「まあ今日はこれで終わりだし、帰ろうか」

「うむ。ギルドに戻ってくれ。事務仕事が残っておるからのう」

「転移しておく？」

「いや、魔力は温存しておくのじゃ。わらわのためにの！」

「わかったよ」

リフを担いだまま森の中を歩く。

小さな手が頭に巻き付いていて、なんだか不思議な感覚だ。イヤではない。むしろ暖かくて気持ちがいい。こんなに暑いのに不思議だ。

子供を持つとこんな感じなのだろうか。

なんて、リフは俺よりも一回りも二回りも歳《とし》を重ねているそうなので、口には出せない。

ふと、そんな長老リフに相談したいことを思い出した。

「なぁ、リフ」

「なんじゃ？」

「実はクエナに結婚を申し込もうと思っているんだけど」

リフが身体《からだ》を前に曲げて俺と無理やり目を合わせる。

なかなかにホラーな体勢だ。

「ほほう、ついにか！」

「う、うん」

リフは興味深そうに目を燦然《さんぜん》と光らせている。黄金色の瞳だから、そんな風に見えてしまうのだろうか。

「それで、どうプロポーズするのじゃ？」

「実はそれなんだけど、どうしたらいいかな。やっぱりロマンチックな方が女性はときめいたりするよね？」

「まぁ雰囲気は大事じゃろうなあ」

「サプライズはどう？」

俺の頭から小さな手が離れる。

リフの癖から推察するに、きっと腕でも組んでいるのだろう。

「ううむ。ロマンもサプライズもクエナは好まなそうじゃ。その手の催しでドキドキするような女子ではないのではないか？　シーラは好みそうじゃけどな」

「それは俺も思った」

どうやら考えることは同じみたいで安心した。

しかし、そうなると余計に悩みが深まる。

「クエナのことばかりを考えているが、お主はどうなんじゃ？」

「俺？」

「うむ。やはりお主の気持ちも大切じゃろうて」

リフの手が俺の頭を叩く。

それはポンポンと子供を撫《な》でるような手つきだ。

「俺の気持ちか……特別な関係になりたいけど、変に変わってしまうのもイヤなんだよな」

「ふむ。普段は素っ気ない態度でも、いざという時にあやしい雰囲気を醸し出す女が好みというわけじゃな」

「もうちょっと良い言い方ないのか？」

「かっかっか。すなわち普段通りで良いということじゃ」

「なるほどな、ありがとう。なんだか自分の気持ちがわかった気がしたよ」

こうして人に相談すると改めて色々なことを再確認できる。

それからリフが頭の上で棒アイスを振りながら、

「ちなみにわらわは沢山の美食に囲まれながらプロポーズされたいのじゃ」

「あはは、そうなんだ」

「そうなんだて」

どこかリフらしいイメージで、頬が緩んだ。

# 第四話　恒久の幸せを

クエナと俺は忙しい。

どちらも働いているから、都合がなかなかつかない。

特に今は各地で起こる精霊の被害に対処するために分散して活動しているので、パーティーとしての活動も少ない。

今日はそんな俺達《たち》がなんとかして作った休日を共に過ごしている。

高い山にある温泉旅館。

一泊三組しか客を取らず、その代わり料金は凄《すさ》まじく高い。ずっと前から予約して、ようやく一泊だけ取れた。

「落ち着かないわねー……」

クエナが椅子に座りながら手足を小刻みに動かしている。

「まだ依頼残ってたもんな。あまり休みたくなかったか？」

「なんで私が働きたい前提なの」

嘆息交じりの声音でクエナが言う。

そうだよな。休日なんだから働いたらダメだよな。身体を休めないといけないもんな。

つい思考回路が労働に向いてしまう。

「じゃあ、どうして落ち着かないんだ？」

「壁に守られてない場所なんて物騒じゃないの……。大丈夫よね？　精霊はこのあたりにはいないらしいけど、魔物とか探知魔法にかからない？」

人間には人間の、魔物には魔物の生存圏がある。

その区切りのひとつが壁だ。

この温泉旅館にも念のためと壁が設置されているが、大きくも厚くもない。そもそも都市の壁とは規模が違う。ここはあくまでも民間の温泉旅館なのだから当然だ。

もちろん、その程度の安全対策であることには理由がある。

「探知魔法にはかからないよ。この山の魔物は全て狩りつくされたらしいからね」

「それは旅館の人から聞いたわよ。すごい昔に修行してたやつのおかげですってね。元々この山にいた魔物は人の肉の味を覚えてしまったから危険で、一掃するしかなかったたって話でしょ」

「ああ、しかも感覚が研ぎ澄まされている強い魔物ほど、魔物の血が染み込んだこの山には近づいて来ない」

「感覚が研ぎ澄まされてるねぇ……私はなにもわからないけど、あんたは大丈夫なの？」

「うーん。まあちょっとだけ感じるかな。でも鍛え方が違うから平気だよ」

「魔物と同じ感覚なのね……」

クエナが脱力したように肩を落とす。

「それに旅館の主人は高ランク冒険者だった人だから、安心だよ」

クエナは「それでもねー……」と呟《つぶや》いている。

やはり住み慣れた家から離れるのはよくなかっただろうか。

冒険者である彼女なら魔物がうろつく危険地帯で一夜を過ごすこともあるだろうが、やはり壁の内側で眠ることが自然なのだ。

「不安なら寝る時は転移で戻れるよ？」

「なに言ってんの。せっかくなんだから、このままでいいわよ。それにジードや私を危機に追い込める魔物なんて大陸探しても中々いないだろうし」

言いながらクエナが窓辺に移動して続ける。

「それに、この景色は噂《うわさ》どおり」

部屋の窓から見える景色は感動的だ。

右半分には都市の光で彩られた美しい夜景があり、左半分には圧倒される広さの青々とした草原がある。

高い山から見下ろしているため、これまで見たこともないような大迫力の景色だ。

そして部屋の反対に移れば荘厳な山脈があり、朝になると霞《かすみ》がかって雄大で幻想的な景色になるそうな。

たしかに噂に聞いたとおりだ。すごい。

「また見に来たいな。今度は連泊したい」

「ここの女将《おかみ》さん、あんたの大ファンだって聞いたわよ。帝王様お墨付きの旅館とも名乗れるわけだし。余裕をもって予約すればいけるんじゃない？」

どこか投げやりな回答だった。

理由はわかっている。

「じゃあ今度はひとりで予約して来ようかな――ごふっ」

「調子に乗るな」

クエナの重たい拳が喉元に刺さる。

「下手をすれば死ぬレベルだぞ。てか、俺じゃなかったら死んでたぞっ」

「本当にひとりで行くのよね？　ただでさえ女難がひどいのはわかってるけど、もし故意に浮気し出したらマジで許さない」

目の奥が烈火のように燃えている。

クエナの胸元に掲げている拳から蒸気が出ていた。

「うん、ごめん。無神経でした」

「よろしい」

クエナから寛大な慈悲をもらい、改めて絶景を眺める。

歩いても転移しても届く距離なのに、どこか幻想郷のような景色だ。

心に爽やかな静けさが訪れる。

この一瞬は俗世の不安や緊張から解放される。

これが休むってことなんだろう。

それはきっと、隣に安心できる人がいるからだ。

クエナも同じ景色を眺めている。

気持ちも同じであれば、どれほどいいだろうか。

「本当にまた来たいね。今度は落ち着いてから何日も連泊したい」

「一体何か月何年前から予約しないといけないことやら」

「それなら旅館の前に、まず先に大事な予約をしないといけない」

「大事な予約？」

「クエナだよ」

「はあっ……!?」

「クエナと来たいんだ」

ふざけていると思われたくないので、じっとクエナの目を見捉える。クエナの顔がみるみる真っ赤に染まっていく。

クエナの拳が勢いよく胸元に飛んでくる——が、痛みはなかった。

「……別に予約とか。いつでも呼んでくれれば……行くし」

柔らかい衝撃が胸に走る。

それはクエナの拳が届いたのか、あるいは俺の感情が揺れたのか。

今しかないと思った。

「クエナ」

「なによ？」

膝をついて、クエナの前で箱を開ける。

そこから指輪を取り出す。

「ずっと一緒にいたい。結婚してくれ」

「んぇっ!?」

「どう……かな？」

やっぱり不安だった。

断られたらどうしようとか、そんなことを考えてしまう。

答えはひとつだと信じていても心配になる。

「も、もちろん…………イェス……だけど」

クエナの瞳が潤む。

ぐっと身体《からだ》が強張《こわば》る。
なんだ、これ。
すごい嬉《うれ》しい。
嬉しいのに言葉が出ない。
『やった！』とか、頭の中では叫んでいるのに。
どうしたらいいんだ、これ。
クエナがチラリとこちらを見る。
「つ、着けてくれないの？」
気がつけば手が差し出されていた。
薬指と他の指との間隔をあけて、ここに着けろとばかりに強調されている。
「うんっ！　着ける！」
自分でもハイテンションになっていると思う。
それくらい、口から喉が飛び出るような返事だった。
声が大きくなって仕方ない。
クエナのすらりとした指に大きなダイヤが三つも装飾された指輪を通す。
「ふふっ」
クエナが笑み、指輪を眺める。

それから表情を暗めた。

「——ちょっと」

「な、なに？」

舞い上がっている俺に、冷たい声になったクエナが言う。

思わず動揺してしまう。

「これあんたの趣味じゃないでしょ。私に合わせたものでもない。ルイナが選んだわね？」

見事な看破だった。

さすがにクエナは俺のこともルイナのこともよく知っている。

「わ、罠《わな》は仕掛けられてないと思うぞ？」

「そうじゃない。でも複雑よ。あんたに選んで欲しかった」

「……あー」

そういうものなのだろうか。

いや、そうだよな。

だって、これからクエナが一生着けていくかもしれないのに、それが俺でもクエナでもなく、他の人が選んだものなのだから。

たとえ、それがルイナでも……というか、クエナだからこそ、ルイナに選ばれたものはイヤなのかもしれない。

ミスってしまったな。

「ま、いいわよ」

「いや、よくない。一緒に選ぼう」

「それはそれでルイナが怖くない？」

「俺の心配ならいいよ。大事なのはクエナだ」

ルイナを軽んじるわけじゃない。

ただ、この件に関してはクエナが優先だ。

「うーん……」

クエナが頬杖《ほおづえ》をついて悩む。

色々と思うところがあるのだろう。

でも後悔や反省はイヤだ。

それらが残ったとしても快哉なものがいい。

「二種類持ってもいいと思う。別のものも買おう」

「……そりゃありがたいけど、あんたどうするつもりなの？」

「どうするって？」

「このままいくと、あんたの薬指が指輪だらけになるわよ」

既に二つの指輪を嵌《は》めることが確定している。

ひとつはルイナと対のもの、もうひとつはクエナと対のものだ。

これからのことをイメージしてみて……あれ、関節が曲がらない。

「か、考えたこともなかった。たしかにそれは困るかも」

「ぷっ……ま、今はいいか。あんたは私のために尽くしてくれるもんね？」

「あ、ああっ。任せておけ」

プロポーズをする前から覚悟はしている。

指輪がどうした。

薬指が曲がらなくとも空気を吸うことはできる。

ごはんだって食べられる。

不意にクエナが俺の手を握った。

それから息が届き合う距離まで近づく。

「その代わり、私も尽くす。それが結婚だもの。シーラにはネックレスでも推しておく」

「クエナ……」

「幸せにしてね」

「うん」

唇が触れ合──いそうになって、部屋の扉が開かれる。

え、なに？

立っていたのは紫色の髪の美しい幼女だった。

「懐かしいのぅ。この森で修行した青い日々がわらわにもあったのじゃよ」

リフは窓を見て、そんなことを呟《つぶや》いた。

クエナが驚きに目を丸くする。

「なっ……ど、どこから来たのよ！」

「そりゃ、わらわも予約しておったのじゃよ。他の客を確認せなんだか？」

「ほ、他の客……？」

クエナが呆然《ぼうぜん》と尋ねると、廊下からドタドタと足音が聞こえる。

人の気配がある。リフを除いて三人いる。

「ユイー！　お風呂入るよー！　ルイナもー！」

廊下から声が聞こえる。

どうやら他の三組の素性も割れたようだ。

「どちらにせよ、わらわはジードから魔力を供給してもらわねばいかんしのう」

「あんたの女難どうにかならないものかしらね」

眩暈《めまい》でもするのか、クエナが頭を抱える。

「かっかっか！　第一号のおぬしがそれを言うか！」

◇

ジード達《たち》はウェイラ帝国の首都——ではなく、精霊との抗戦の舞台となった準首都を結婚式の場とした。

ルイナの時と同様に前日祭が開かれており、露店は大賑《おおにぎ》わいだった。昼だというのに、市街の方が太陽よりも明るいくらいだ。

そんな光景をルイナは城の窓辺から見下ろしながら、部屋にいるもうひとりの女性に声をかけた。

「さすがに帝都の復旧が完璧ではないからな。まあメインの私とサブのおまえとの違いだと思ってくれ、この結婚式の規模の差は」

「鬱陶しいわねえ……わざわざ言わなくてもいいでしょうが」

それは明日の主役となる、クエナだった。

彼女は蒸したタオルを目に置きながら顔を仰向《あおむ》けにして椅子に座り、予行練習の疲れを癒していた。

「いやいや、これから私に続く第二夫人となるのだからな。分というものを弁《わきま》えてくれよ？　争いの種になるのはごめんだからな」

高貴な身分となれば、夫人間での格付けはされるものだ。第一夫人は誰か、第二夫人は誰か。それによって国政や外交での立場が変わってくる。

さらに生まれてくる子供の立場も変わる。

「ウェイラ帝国を引き継ぐのはあんたの子供でいいわよ」

一般的に第一夫人の子供が王位継承権第一位となる。国によっては男児が優先的に保持する場合もあるが、ウェイラ帝国は男女同権であるため、やはり基本的に第一夫人の子供が有利である。

クエナはそのことについては妥協していると伝えていた。

だが、ルイナは首を横に振る。

「それはいけない。子供の意思も尊重しなければいけないからな」

「どうせ、私の子供は興味ないと思うけどね」

「そうじゃない。私の子供が王位に興味ない場合を言っている」

ルイナは意外にも自分の子供の気持ちを優先するようだった。

クエナがタオルを軽く持ち上げて、ルイナを見る。

「本気で言ってるの？」

「さてな。だが子供が王位継承者となれば、ジードの寵愛《ちょうあい》を一身に受けられるかもしれんぞ？　第二夫人が私より愛される手段は限られている」

クエナは目をジトっと細める。それは抗議する眼差《まなざ》しだった。

「それ、今する話じゃないでしょ。明日は私のお祝いなんだから、ちょっとは気遣いなさいっての」

「今さら気遣う間柄でもないだろう」

「それもそうね。でも、そうやって憎まれ口を叩《たた》いて何になるのやら」

「こうでもしないと私は好かれてしまうからな」

「好かれてもいいじゃないのよ。愛される第一夫人サマなんて一番宮廷に必要そうなものだけどね」

言いながら、クエナは「なんだか凄惨な宮廷悲劇が始まりそうな前フリね……」と思ったが喉から出ることはなかった。

それは明日に婚礼を控えているから言うのは縁起が悪いというのもあるが、唐突に部屋が開かれて気を取られたことも原因だった。

「二人とも！　外に出ないの!?」

入ってきたのはシーラだった。

両手には紙皿を持っていて、口には幸せの跡が残っている。

「ほう、いい匂いだな」

「うん！　屋台のご飯だよ！」

シーラが紙皿をルイナに向ける。

上には美味《おい》しそうな料理の数々が載っていた。

大混乱にあっても食事に困っていない、良い証《あかし》だ。

「なるほど、市井の食べ物か。それは美味しそうだ。クエナも行くといい」

「私は予行練習で疲れたからやめとく」

「えー！　でもジードもいるよ！　今は大食い大会に参加中！」

「あの体力オバケ……」

クエナが頬を小刻みに震わせる。

自分が経験した予行練習を思い返して、それでも屋台を楽しんでいる——というか大会にまで出ている——男に呆《あき》れて苦笑いも出ないようだった。

「くく、仮面を着ければ正体がバレることもないだろうさ。安心して行くといい」

「あんたはどうするのよ？」

「やめておく。私は仮面を着けていてもバレそうだ」

ルイナが優雅に髪をかき上げる。

実際、ジードやクエナは市井の暮らしの方が長く、ルイナは宮廷での生活が長い。見る側もひとつひとつの所作に庶民では持ちえない威厳を感じとってしまうことだろう。

「じゃあ仮面を着けずに出ればいいわよ、大食い大会」

「おいおい、なんでその大食い大会とやらに出る前提なのだ」

「物は試しでしょ？」

クエナの頭の中で「ルイナは負けず嫌いだから大食い大会で必死になるところが見たい」という意地悪な考えが浮かんでいた。

しかし、ルイナは頑として首を縦に振らない。

「ダメだ。この後は復興の進捗報告を聞かないといけないんだよ」

こうしてクエナと語り合っている時間も、ルイナが政務の隙間を縫って作ったものだ。

普段からルイナは政を真面目に行っている。

帝王がジードになってからも、それは変わらない。ジードが武力や軍事方面に注力するためでもある。

クエナがルイナに歩み寄って肩を揉《も》む。

「ちょっとくらいサボっても構わないって」

しばらく場に沈黙の空気が流れる。

不意にルイナの首が縦に振られる。

「……そうだな。まあ一日くらいはいいかもな」

その言葉を聞いて、クエナの口角《つ》が吊り上がる。

「よし！　そうと決まればルイナを大食い大会にエントリーさせてきなさい！」

「ラジャです！　シーラちゃん行ってきます！」

「名前はちゃんと変えてくるのよー！」

「あっ、おい！　やめろ！　大食い大会は違うだろ!?　出ないからな、私は！」

シーラが敬礼してから全力ダッシュで大会の開催場所にまで向かった。

クエナの言葉が届いていたか怪しい速度だ。なおのこと、ルイナの言葉は聞こえていないだろう。

「ぷっ。もうなにを言っても遅いわよ」

「図ったな……？」

「いいじゃないの。付き合いなさい」

「疲れていたんじゃなかったのか？　明日どうなっても知らないからな」

ルイナは正気を疑うような視線を投げかけた。

明日は人生の分岐点と言っていいほど大事な日だ。寝不足で遅刻などあっては目もあてられない。

しかし、当のクエナ本人はどうなっても後悔や反省もしない模様だ。

「シーラに感化されたのよ。細かいことは気にしない。最近色々あったんだから楽しみたいじゃないの」

「やれやれ、あれはどこにそれだけの元気を貯《た》め込んでいるのやら」

「私も謎ね。それで言えばジードの方も是非とも知りたいわ」

クエナの目標はジードと並び立つことだ。

しかし、実力の差はまだまだ埋まらない。

だからといって諦めることをクエナは知らない。本当に興味深そうに、まるで探偵のように鋭い眼《め》でジードの力について真剣に考察を始めていた。

ふと、ルイナが口を開く。

月が照らしているのか、市街から漏れる光か、ルイナの顔が優しく照らされていた。

「──おめでとう」

穏やかな口調はどこか気恥ずかしそうだった。

それを受ける側のクエナも思いもよらぬ言葉に目を見開いた。

一拍置いて、返す。

「……どーも」

声が小さくとも、それは確かに行われた掛け合いだった。

◇

大食い大会の会場は安価な予算で済ませられるよう、簡易的に設営されていた。それでも観客は百を超える大人数であり、参加者も屈強な腹を持つ者たちが集まっている。

「さあ、大食い大会が始まります！」

実況らしき男が響き渡るマイクに声をあてながら叫ぶ。

参加者の名前が次々と呼ばれ、十ある席に着く。

「お次は大陸中の大食い大会を荒らす怪物！　その底なしの腹には大地すらも入るのではないかぁ!?　ビッグイートプロ氏だぁ!!」

呼ばれて出てきたのは大巨漢だった。

観客から熱狂的な声が上がる。

そして実況者が手にしたメモ用紙を震わせながら、声を張り上げる。

「お次はこの〝お方〟だあ！　戦闘能力は随一！　冒険者として民衆にも寄り添いながら、大陸の混乱を一手に鎮める男！　その胃袋も〝王〟なのか!?　帝王ジードがまさかの参戦だーー！！！」

普通ならばどよめきの方が強いだろう。

しかし、ジードも他の参加者同様に歓迎されていた。

実況のとおり、庶民派であることは理解されており、その立場から考えるとありえないほどに親しまれている。

その中のひとつに黄色い歓声があった。

「きゃー！　ジードーー！」

「まったく素性隠してないし……」

赤色と黄色の仮面を装着した二人女性だった。

クエナとシーラである。

「お次は謎の仮面L氏が参戦だー！」

たった一言だけ添えられて、黄金色の仮面で顔上部を隠している女性が現れる。ルイナだ。下半分だけで整った顔立ちが窺える。

「がんばってー！」

佇《たたず》まいのオーラから観客はただならぬ気配を感じていた。

シーラの応援と、クエナの「結局出るのね」という声以外に目立ったものはない。

それから料理が運ばれてくる。

「今日の〝メインディッシュ〟は超ハイパーウルトラ高カロリーのどんぶりだあ！　下に敷き詰められた甘くて美味しい米に、草原を駆け大岩を砕く巨軀《きょく》の魔物サイポロンの肉！タレは味変のために多種類用意されています！」

参加者の前に香《かぐわ》しい巨大どんぶりが用意される。

置くと机が重々しく揺れ、激しい存在感もあり、一部の参加者が気圧《けお》される。

「制限時間は三十分！　それではさっさと始めちゃいましょうー！　よーい、どん！」

実況が手を上げる。

同時に劈《つんざ》くようなブザー音が鳴る。

参加者が一斉に箸を持ってどんぶりをかっ喰《く》らう。

実況の注目は二人の人物だった。

ひとりはビッグイートプロで、もうひとりはジードだ。

「うおー！　すごい迫力だー!!　成人男性ですら一杯を平らげるのは困難だというのに、経過一分もない段階でどちらも既に半分を残すのみーー!!」

二人の勢いは他の参加者を圧倒している。

別の意味で圧倒している者もいた。

「なんと！　謎の仮面L氏は未《いま》だに一口程度しか食べ進めていないぞー!?」

観客が「「おおっ」」と沸き立つ。

どうやらハンデと捉えられているようだ。

しかし、謎の仮面L氏――ルイナの心境は違った。

（まったく、このような催しに出ることになるとはな）

シーラが猛烈に勧めるので仕方なく参加したが、ここで本気で戦ってはクエナ達《たち》の思うつぼになると考えていた。

だから、ルイナは一杯どころか半分も食べないつもりだ。

ふと、ルイナとクエナの視線が合う。

（……最近は不甲斐《ふがい》ないところばかり見せているな。おまえにとって私は偉大な姉だったはずなのになあ）

その生涯に敗北はなかった。

姉として妹に十分な実力を見せつけているはずだ。

だが、最近は舐《な》められている気がする。

妹はもっと反抗的な眼差《まなざ》しを向けていたはずじゃないか。もっと畏怖していたはずじゃないか。

ルイナが視線を落とした。

（ふんっ、これくらい食べられないでどうする）

ルイナの手元に力が入る。

パキリ、と音がした。

「おっと、L氏の箸が折れたぞ～!!」

「代わりを持ってこい」

「え？　私は実況ですが……」

配膳の役割が振られた係員がいるのに、不意に声を掛けられた実況者が目を丸くした。

仮面のくり貫《ぬ》かれた目元が神々しくも威圧的に光る。

「いいから持って来い」

「は、はいー！　ただいまー！！！」

気圧された実況者が役割を投げ出して代わりの箸を急いで用意した。

ルイナが受け取り、どんぶりを手に持って口にかきこむ。その勢いは凄《すさ》まじかった。

「な、ななな、なんとー！　箸を持ち替えた途端に速度が上がったぞー!!　さっきの箸は気に入らなかったようだー！」

軽快な実況に観客の雰囲気が一段と熱気を増す。

そしてこれには、クエナとシーラも驚いた。

「た、食べ始めたよ！」

「うそでしょ……どういう風の吹き回しよ」

ふたりともルイナが本気で食べるとは考えてもいなかった。大食い大会に参加している場面を見られるだけで儲《もう》けもののつもりだった。

最初のやる気のなさはどこへやら。

小さな口に次々と肉や米が運ばれる。

ついに一杯目を完食した。

さらに二杯目も完食する。

ルイナの勢いは止まらない。

次々に参加者を追い抜いていく。

「――おっと、ここでビッグイートプロ氏がダウン！」

優勝候補の一人はジードの食べる勢いに合わせようとしてペース配分をミスしてしまったようだった。顎が痙攣《けいれん》している。

そうとも知らず、独走状態のジードは六杯目を平らげて七杯目に手を付ける。

「うまっ、うまっ」

杯はみるみるうちに中を減らしていく。

ルイナもなんとか四杯目を食べきっていたが、ペースダウンは明らかだった。お腹《なか》を気にしながら苦しそうにしている。

（やはり、この私が惚《ほ》れた男だな……だがな。今回ばかりは負けるわけにはいかないんだ）

ルイナも勢いを止めない。

すべては姉の威厳を保つため。

だが、ルイナがジードに速度で勝ることはなかった。

差はみるみると開かれる。

ジードは七杯目も食べ終わりそうになり――

「ん……。俺の記録はここまでにしておいてくれ」

突然独走状態の一位が立ち上がった。

なにやら手元にはカードがある。

「えっ？　い、いや、大会ですから途中の退場は……！」

「悪いな。転移」

実況の制止は微塵《みじん》の効果もなかった。

ジードの姿がたちどころに消える。

「な、なんということでしょう！　やはり庶民の大会などには付き合えないと――」

突然の辞退に落胆の声が上がる。

街の角から人がやってきて声を張り上げた。

『た、大変だー！　帝王が戦闘してるってよー！』

『大丈夫だ！　近郊で精霊が見つかったぞー！』

「……さすがは帝王ジード！　民の危険を感じ取り、大会優勝の名誉を放棄してまで救いに行ったー!!　あの方がいる限り帝国は安泰だー!!」

「きゃああー！　ジードー！！！」

民衆の歓声が響き渡る。

ひときわ大きい声が黄金色の髪の持ち主から発せられた。

「ずっと応援してるシーラはともかく、実況と観客は見事な手のひら返しね……」

クエナが呆《あき》れたような声で困惑した。

そして、ついに箸を動かしているのは一人だけになった。

ルイナだ。

「おっと！　仮面L氏！　帝王ジードを超えるまであと三杯となりましたが、残り時間は七分しかないぞー！」

「くっ……だが、私は……！」

ルイナの胃袋は悲鳴をあげている。

汗は滝のように流れている。

それでもルイナは五杯目を食べきった。

「これで仮面L氏の前に六杯目が届けられた。ビッグイートプロ氏と並んだ！　恐るべきダークホースだああ！」

もはや見るのもイヤなどんぶりだった。

美しい色合いの鳥が描かれているが、鶏肉《とりにく》を連想させて吐き気がする。

ルイナは眩暈《めまい》を起こしながらも手を付ける。

「……っ」

なにも考えない。

美味《おい》しいとか不味《まず》いとか、そういう感覚は既になくなっている。

ただ無心で口に入れて喉から胃に送り込む。

これは作業だ。

そう考えながら、ルイナは頑張り続ける。

「どうしてそこまで……」

クエナが愕然《がくぜん》とした口調になる。

ルイナの苦しそうにしている姿を見て、誘ったことや勧めたことを後悔してしまうほどだった。

シーラがクエナの手を握る。

真理を見つけたような目でシーラが言う。

「きっと、どんぶりが好きなんだよ。また作ってあげたいねっ」

「絶対違うと思う」

さすがのクエナもシーラが間違っていることはわかった。

不意にルイナが大きく揺れた。

仮面の紐《ひも》は汗を吸い取り、重たくなって緩んでいる。

衝撃で仮面が外れた。

「「ル、ルル、ルイナ様ァ！！！？？？」」

ルイナは実力主義で身分の貴賤《きせん》を問わない。

しかし、それだけに実力を見せる機会のない一般的な人々と交流を持つことは少なく、あっても厳重な警備下で数分程度しか用意されない謁見のみである。

その謁見も選ばれた者だけだ。

半ば神聖視されていた元女帝の信じられない姿を目撃した実況や観客の動揺は激しく、思わず膝を地面に突いてしまう人々まで現れるくらいだった。

ルイナは顔に触れて、仮面が外れたことを確認する。

「ふっ……」

口を三日月の形にして、ルイナは不敵に笑う。

地面に落ちた仮面を見て、すぐにどんぶりに視線を戻す。

(勝つ。それだけだ)

ルイナの箸は止まらない。

たかだか正体がバレたくらいで、ルイナの気持ちは押し負けない。

半分、さらに半分、半分……

目の前の勝利を信じて疑わない。

身体《からだ》の節々が悲鳴を上げている。

ついに。

「仮面L氏……いや、ルイナ様の記録がビッグイートプロ氏を超えたー！　帝王ジードは七杯目の途中で終えたので、記録は六杯となっています！　なので仮面L氏……いえ、ルイナ様の優勝まであと一杯だーー!!」

限界はとうに超えている。

不意に観客の一人が声をかける。

「お、おい実況！　今のところルイナ様とジード様の同列一位だよな!?」

「はっ、はい、そのとおりですが」

「じゃあここで終わったら優勝はどうなるんだ！」

「え、えーとぉ。ルールでは両者が表彰されるはずですが……」

「でも帝王はいないぞ？」

「あっ……まあ放棄ということでもあるので……」

実況の歯切れが悪い。

進行に影響が出ることを恐れているのだ。

だが、観客にそんなことは関係ない。

さらに女性が続けて尋ねた。

「それってもうルイナ様の優勝でいいってこと!?」

「うっ……まあ、はい」

「なら無理をしないで、ルイナ様ーー！」

観客は感情の昂《たか》ぶりをそのまま口にする。

それは純粋な心配と応援の気持ちだった。

だが、ルイナにとっては一連の会話こそ挑発であり、背中を押すものだった。

「私は負けない。引き分けもない」

苦しそうな表情とは裏腹に力強い言葉だった。

ルイナの視線がどんぶりに向き、一気に食べ始める。

「おっ、おおっと!? ここでルイナ様がラストスパートに入るー! しかし、残り時間はわずかだぞー!」

実況が職務を全うしようとする。

観客は息を呑《の》んで見守っている。

それからさらに食べ、食べ、

「残り五秒……四、三、二、一、終了です!!! 係員は確認をお願いします!」

ルイナが箸を置いて、どんぶりを見せた。

中は空だった。

「は、七杯目も完食されています!」

「文句なしー!! ルイナ様の逆転優勝だああーーーー!!!」

「「うおおおお!!!」」

拍手や歓呼の渦が湧き上がる。

惜しみない賞賛の言葉と共に、ルイナはよろよろと立ち上がった。

しかし、がくりと姿勢を崩す。

その肩を抱きとめたのはクエナだった。

「やるじゃないの」

「だれに物を言っている」

クエナとルイナは視線を交わす。

それだけで互いの想《おも》いを感じ取っていた。

実況が叫ぶ。

「それではこの後は授賞式が開かれますー！　『予選』優勝はルイナ・ウェイラ様です！　本選は婚礼の翌日に開かれますので、どうぞ皆さまご来訪くださーい!!」

「……は？　予選？」

ルイナが思わず実況の方を見る。

観客の熱のある視線が痛く刺さる。

「がんばってください～！」

「応援しています！」

「ルイナ様がここまで親しみのあるお方だとは知りませんでした!!」

「本選も必ず行きます！」

クエナが横で「ぷっ」と失笑する。

「が、がんばってね」

「応援してるよぅ～！」

クエナとシーラも容赦がなかった。

ルイナは半ばやけくそになりながら空に叫んだ。

「ああ、くそ！　ここまできたらもうどうでもいい！　かかってこい！」

今まで冷たい女性だと思われていた元女帝ルイナだが、この大会を機に民衆との距離を一気に狭めていった。

民衆からの貢ぎ物も増えて王城の食料が不足することはなくなった。それはシーラが調理することも多かったが、基本的に必要な場所に再運搬された。例えば、精霊や魔物の被害で苦しむ貧しい村の人々に。

◇

そこは市街の隅にある場所だ。

静かで落ち着いた雰囲気があり、祭りの喧騒《けんそう》もここまで届かない。

そんな場所にソリアから呼び出しを受けた。

「お呼び立てしてすみません。精霊は大丈夫でしたか？」

「ああ、退治できたよ。でも転移ができる新種の精霊だったから忙しくなりそうだ」

「それは大変です。私でもできることがあれば言ってくださいね」

「助かるよ」

ソリアがいるのは結婚式の司祭を頼んだためだ。

しばらく滞在するとのことだが、それまでに相談できることはしておきたいな。特に彼女は冒険者や司祭として世界中で活躍してきた経験があるから頼りになる。

そのおかげで各国の政府や組織から地位や名声を与えられて忙しそうにしているけど、まったく苦にはならないそうだ。

「それはそうと、先ほどは見事な食べっぷりでした」

ソリアが手を合わせながら先ほどの健闘を讃《たた》えてくれる。

「大会見ていたのか」

「遠巻きに眺めていた程度です。ルイナ様が登場してビックリしましたよ」

ああ、そういえば仮面を着けていたもんな。

魔力も匂いも佇《たたず》まいも何から何までルイナだったけど、後から聞いた話によると観客は誰も気がついていなかったみたいだった。

「そういえば俺に話があるとか言っていたよな」

「ええ、時機について考えていたんですけど、今がいいかなと思いまして」

「時機……?」

ソリアの大きな瞳が俺を捉えて離さない。俺の一挙手一投足を見逃さない、そんな意気が感じられた。

「アステアに関連する出来事は後世に伝えるための歴史書に記述を残すつもりです。時代がどれだけ過ぎ去っても忘れないために」

「……それはアステアの本当の姿をということか?」

「ええ、いくつもの文明をリセットした、あの残虐で冷酷なシステム・アステアのことです」

腕を組んで、考える。

ソリアのことだから深い考えがあるのだろう。

あまり歴史というものに触れたことはないのだが、過去から学ぶのは大事なことのはずだ。

たとえば子供の時分に毒キノコを食べて死にかけたことがある。それを忘れていたらまた死にかけていただろう。

そういった知識を受け継いでいけるのなら、似たようなことをしようとしている人に警告できる。歴史にはそういう側面があるはずだ。

しかし……

「アステア教はどうするんだ？」

「ええ、そこです。アステアを神として崇《あが》めている方々は大勢います。もしもアステアの真実を伝えた場合、混乱が起きるでしょう」

「信じようとしないやつも出てくるだろうな」

「暴徒化する恐れもあります。そうでなくとも信じていたものに裏切られることは辛《つら》い。多くの悲しみや涙が溢《あふ》れるはずです」

何にせよ、遺恨を残すのは明白だ。

決して楽な道ではないだろう。

それならばいっそ歴史の闇に葬っても……と、考えてしまう。しかしソリアはきっと認めないだろう。

彼女の頭には天秤《てんびん》があるのだ。

歴史を伝えることで救える命があるかもしれない。いつかもう一度、人々が危機的状況に陥った時に役に立つのだと。

俺なんかは「アステアに匹敵する危機なんて来るのだろうか」なんて考えてしまうが、この世界がアステア以上の想像を超えた存在に支配されている可能性だってゼロじゃない。

あるいは俺達《たち》がシステム・アステアという怪物を生み出す可能性だってある。

「ソリアはどうしたいと思っているんだ？」

「私はアステアを信仰する全ての教団を廃止するための活動をしようと思っています。そのためには信心を失わせる必要があります」

「そうなると……どうなるんだ？」

「おそらく代わりに信じられる存在が台頭してくるでしょう。歴史はまだまだ浅いのですが、アステア以外の神を祀《まつ》っている小規模な教団もありますから、そちらに流れるかもしれません」

「なるほどな。ソリアはアステアの代わりに別の信じられるものを作って、信仰をやめさせようとしてるってことか。その後にアステアに関する歴史を公開しようって言うんだな」

「元とはいえ、私も信者だったのにドライな考え方ですね」

　ソリアが自嘲気味に笑む。

『信じるものを変える』というのは言葉にするのは簡単だが、世代をまたぐレベルの長い時間を要するだろう。

　それだけ困難で、これから少しずつ積み重ねていかなければいけないことだ。

「いいや、アステアを信仰するたくさんの人を想っている証《あかし》だよ。ドライじゃない」

「……ありがとうございます。ジードさんにそう言っていただけたからには、歴史の真実を公表できる日を本気で目指します」

きっと手段や手順を選ばなければ明日にでも行える。

しかし、ソリアは絶対にそれをしない。

もしかすると俺もソリアも老衰する方が先かもしれない。

「俺もやれることはやるよ。なんでも言ってくれ」

「いえ、極力人の手を借りずに少数で行います。情報が洩《も》れては元も子もないですから」

「いいのか？」

「はい。それに、ジードさんには特に」

「俺？」

尋ね返すと、ソリアの顔は俯《うつむ》いて陰った。

「私は女神アステアの名の下に人々に支えてもらっています。もしも教団から心が離れていくと、きっと私はいらない子になります。世間から疎まれる存在になるでしょう」

どうやって人から不信を買うか。

真・アステア教のシンボルたるソリア自身の不祥事を公表することも考えているのだろう。実際に不祥事を起こすわけではないだろうが、噂《うわさ》レベルでも効果的なはずだ。

アステアの権威を自分の名声とともに地に堕《お》とす――ソリアの真の計画はこれなのかもしれない。

ソリアは俯けていた顔を上げて、こちらを見た。

目尻には涙が溢れている。

「――そうなったら、ジードさんは私を受け入れてくれますか？」

ソリアが世間から疎まれる？

実際のところ、ソリアの活動がアステアと深いところで結びついているとは思えない。

いくら不祥事の話が出ても、彼女の過去の献身を知る人は信じて支えてくれるだろう。

でも、違うな。

（……ソリアの欲しい言葉はコレじゃない）

俺だってバカじゃない。……いや、バカじゃない……かもしれない。断言ができるほど賢くはない。

しかし、こんな大事な話だ。

リフやルイナのいない場所でこんな大事な相談をしてきた理由はわかっている。

今まで寄りどころにしていた場所を失う。

心は大きな不安に苛《さいな》まれているだろう。

そして、彼女の好意にも気づいている。

俺に相談してきた理由は――

「結婚しよう」

「あっ……ぅ」

喉が詰まったような声が返ってくる。

「……すまん。いきなりすぎた」

こめかみに指を当てる。

これでもしもソリアの好意が勘違いだったらどうするつもりだったんだ、俺。

よく考えろ。そもそも段階を踏む必要があるじゃないか。

だから俺はバカだっていうんだ……！

なんて頭を悩ませていると、ソリアは両手を前に出して振った。

「い、いえ、違うんです！　わ、私がお願いすることかと思っていたからで………はぅっ……い、今のは喋《しゃべ》り過ぎました！」

あたふたと慌てている。

身体《からだ》を小さく丸めて、目をぱちくりと閉じたり開けたりして、口ごもりながら髪を乱している。

なんて可愛《かわい》いのだろう。

ピタリとソリアが止まる。

それから恍惚《こうこつ》と頬を赤らめた顔を覗《のぞ》かせる。

「私いけない子ですね。明日、他の人のものになる殿方に言い寄っているのですから」

いつだったか、ソリアは自分は計算をして人に力を借りていると言っていた。
慌てていた姿も演技なのだろうか。
裏では逞《たくま》しい考えをしているのだろうか。
——もはやそれでもいい。
それだけの魅力がソリアにはあった。
「ちなみに返事を聞いていないいんだけど……？」
「もちろんっ、もちろんイエスです！」
ソリアが胸に手を当てる。
ああ、よかった。
同時にクエナが脳裏に浮かぶ。
『あんた私にどう説明すんの？』
たしかにそうだ。
また怒られてしまう……。

◇

結婚式は華やかだった。

今までにはないほど多様な種族が参列している。

人族、エルフ族、獣人族、呼んでいないはずの魔族。

空を見上げれば竜族が祝福するように咆哮《ほうこう》をあげている。

天気も麗《うら》らかで、人々の顔には笑みが溢れていた。

ジードを傍らに置いたクエナが花束を投げる。

それはブーケトスだった。

ネリムは全力で逃げる。

花束は運命のようにシーラに舞い降りた。

「わー！　やった！」

シーラが跳ねながら花束を抱きかかえる。

その姿を見ながら花嫁姿のクエナが「まぁ、順当ね」と呟《つぶや》いていた。

「……」

「くく、そう仲間になりたそうに見るな。おまえの居場所も確保してある」

ユイの無言で見つめる眼《め》の意図をルイナが汲《く》み取って頭を撫《な》でる。

「ついに結婚ですか。私はルイナさんよりもクエナさんが先に結ばれると思っていましたけど」

「こうなれば、わらわ達あどけない女子組も張り切らねばなるまいて！」

スフィは純粋無垢《むく》に感想を漏らして、リフは顎に手を当てて目を輝かせていた。

スフィが首を傾《かし》げる。

「張り切るとは？」

「わらわはジードに寿命を延ばしてもらったのじゃよ。世界を崩壊させる化け物を滅ぼせる好機と天秤《てんびん》にかけてなぁ。この老婆もさすがに胸がときめいてしまったわい」

「は、はあ……」

「随分とやる気がないのぅ」

スフィのノリの悪さにリフが肩を落とす。

仲間であると感じていただけに、やや残念そうである。

「いえ、よくわかりませんが、私もがんばります！」

「まぁ、おいおいのぅ」

リフが孫を見るような眼差《まなざ》しでスフィを眺めていた。

「むー、私じゃないのですか」

ソリアがブーケを見ながら頬を膨らませる。

他者の幸せを自分事のように喜べる彼女にしては珍しいことだった。

フィルがすかさずフォローに回る。

「ご、ご安心ください。ソリア様ならすぐでしょう」

「ええ、そこは心配していません。ちょっと羨ましいだけです」

「ま、まあ、ソ、ソリア様のいらっしゃるところに私がいますから、いつかは、わ、私も仕方なく、そう、仕方なく、ジードの傍《そば》に……」

フィルの目がチラチラとジードに向かう。

しかし、彼女の言葉に返したのはルイナだった。

「安心しろ、剣聖。おまえ用の犬小屋くらいは用意してやる」

「なっ……！　ソリア様からもなんとか言ってください～！！」

賑《にぎ》やかに、穏やかに、日々は過ぎていく。

エピローグ

# 神なき時代の黄金の日々

The Slave of the "Black Knights" is
Recruited by the "White Adventurer's Guild"
as a S Rank Adventurer

9

ある時、世界から神が消えた。

人々は嘆き悲しみ、混迷の渦に巻き込まれるが、それでも世界は続いていく。

そして悟る。たとえ神が不在でも、人の営みがある限り、歴史は紡がれ続けると。

後世の歴史書にはそんな激動の時代を生きた偉人達《たち》について以下の記述がある。


【ジード】

出自は不明。クゼーラ王国騎士団にて頭角を現した後、冒険者ギルドのSランク冒険者、ウェイラ帝国帝王となる。

大陸中に形成された様々な種族との人脈と本人の圧倒的な武力により、歴史上に類を見ない長期間の平和を築き上げる。この時代に魔法とマジックアイテムが爆発的に進歩する『知性の革命』が起こったことから、『治世王』とも呼ばれる。多くの夫人と添い遂げ、すべての夫人との間に後継者を設けたことから、またの名を『治性王』とも呼ばれる。


【クエナ・ウェイラ】

ウェイラ帝国の王族の血筋に生まれながら、放蕩《ほうとう》して冒険者ギルドに所属した。最終ランクはSランクだった。ジードが初めて恋をした女性として有名で、後に夫人となる。

ジードと肩を並べるため、あらゆる面で常に向上心を持っていたとされる。特に戦闘の際は誰よりも前に出ていた。姉のルイナ・ウェイラとは常に争っていたとされるが、誕生日プレゼントの贈り合いで「どちらが相手を喜ばせられるか」という点で言い争っていた記述も残っていて、実は仲が良かったのではないかと囁《ささや》かれている。

【ルイナ・ウェイラ】

ウェイラ帝国の帝王の直系の血筋に生まれる。帝国を最大版図まで広げ、人族史上最大の国家を築き上げた。後にジードに帝位を譲り、自らは王妃の座につく。しかし、その権勢は裏方に回ってからも衰えることがなく、大陸で彼女に逆らえる者はいなかったという。妹のクエナとは犬猿の仲だと伝わっているが、クエナが夫のジードに誕生日プレゼントとして手作りクッキーを作ろうとした際にどうしても足りない貴重な素材があった際、ルイナが国庫を開いてまで協力していたとされる。

【シーラ・イスラ】

クゼーラ王国の武門の家柄に生まれる。騎士学校を首席で卒業した後、クゼーラ騎士団の副団長に大抜擢《だいばってき》される。しかし、父の謀反によって騎士団は事実上の瓦解を遂げる。シーラ自身は謀反に反対し、父を告発していたこともあって無罪となり、後に冒険者ギルドに所属する。最終ランクはSランクだが、冒険者としてよりもジードを支える夫人としての活動が目立つ。特筆すべき点として、身ごもった子供の数は夫人の中で最多とされる。

【ソリア・エイデン】

神聖共和国の司祭の家に生まれる。治癒魔法において比類ない才能を持ち、『聖女』と呼ばれていた。アステア教で筆頭司祭を務め、アステア教が不正で瓦解した後も真・アステア教で筆頭司祭を任される。また冒険者ギルドに所属し、Sランク冒険者も兼任していた。そのほか、非営利団体を幾つも運営しており、神聖共和国内の政治にて絶大な影響力を持った。一説によると彼女の有事の際の差配や慈善活動の結果、百万人を下らない数の命を救ったとされる。後にジードの夫人となって表舞台から姿を消すことになるが、裏では隠然たる発言力を持っていたとされる。

【フィル・エイジ】

エイジ公国の姫として生まれるが、まだ幼い頃に公国はクーデターで滅ぶ。捕縛された後に処刑されそうになったところを、ソリアによって助命される。常に聖女ソリアの傍に連れ添い、高い剣技の腕前を持っていたことから『剣聖』と呼ばれた。幾多の国々から将軍待遇での招聘《しょうへい》もあったとされるが、すべてを断っている。最終的にジードの夫人となっているがその動機は議論されることが多い。「ソリアに付き従った結果、ついでに結婚したのではないか」という説と「本人の意思も強かったのではないか」という説だ。どちらも根拠はあるが、後者の理由として、シーラ・イスラに次いで二番目に多くの子供を設けていることが挙げられる。

【ユイ・ムラクモ】

東和国の大公の家柄とされるが、家が断絶した後に冒険者ギルドに所属する。最年少でSランクに至り、ウェイラ帝国隠密《おんみつ》部隊隊長や第0軍軍長も歴任する。ジード夫人になった後は目立った活動がなくなるも、ルイナからは最も信頼されていたとされている。かのフィル・エイジに天然な言動を注意され、実力行使を受ける場面もあったそうだが、簡単にいなしていたという記録が残っている。そのため、戦闘面の実力だけでいえば人族でもジードに次ぐと言われている。

【ネリム】

出自は不明。突如として現れ、冒険者ギルドでSランク冒険者に抜擢される。ジード夫人の中で最も発言力が強かったとされているが、その理由は不明。ユイ・ムラクモ以上の実力者だった可能性も指摘されているが、戦闘に関する記録が少なすぎるため、確たる証拠はない。かの歴代最強の剣聖と名高い〝ネリム〟と酷似しているとの指摘があるが、経歴に空白期間が長く、それを証明できる人間がいなかったのか、資料には残っていない。本人も目立つことを嫌っていたとされ、謎の多い人物である。

【エイゲル】

魔導圏学、魔力放出学などの開祖として名高い。ジード夫人の中では最も著名で、最も不明な点の多い人物。マジックアイテムの歴史を千年飛躍させたと言われる。保持していた特許だけで大陸全土の資産の一割を手中におさめていたとも。元々は男性だった説があるが、ネリム以上に表舞台に立つことがなく、情報が少ない。頻繁にジードと串肉を食べている光景が目撃されている。

【リフ】

『賢者』として魔王討伐を行い、一代で巨大組織『ギルド』を築き上げた傑物。生み出した魔法の数は百以上確認されている。同時代にルイナ・ウェイラがいなければリフが大陸を支配していたとする歴史家も多い。明確にジード夫人となった記述はないが、記録をたどると夫人達の中でも抜きん出てジードと多くの時間を過ごしている。ある時を境にぱたりと消息を絶つが、太陽に照らされたジードの影の中にリフを見たという目撃情報があるなど、謎と伝説を残している人物。

【スフィ】

後に民主主義による大陸統一政府を樹立する。幼い頃から育まれた政治的手腕と実績、さらに強いカリスマ性を兼ね備え、長らく民衆に支持された。しかしながら、両親が魔族に殺された過去があるため、プライベートは組織内部の極一部を除いて秘密にする徹底ぶりであった。また、アステア教に関連した過去の過ちに対する批判も多く、彼女の評価は後世でも意見が分かれる。黒い髪の子供を連れ歩いていた記述があり、実子とされるが不明のままである。


……他。

◇

そこは墓だ。数多《あまた》の情報を辿《たど》って、ようやく俺の世界の両親を見つけた。顔なんて覚えていないけど、俺を産んでくれたことだけはたしかだ。

俺の世界が変わったのは、あのブラックな騎士団から引き抜かれて冒険者になってからだろう。でも、俺がこの世界を見られたのは両親のおかげだ。

本当は会ってみたい。本当は話してみたい。だから、こうして墓の前で手を合わせる。
心が通うような気がするから。
二人とも、見ているかな。新しい家族ができたんだ。俺の大事な人達だよ。
どうか、これからも見守っていて欲しい。

# あとがき

どうも、寺王です。

ついに最終巻です。

長かった。書籍版は約三年も続いたでしょうか。

この期間は中学や高校生活くらいに相当します。高校一年生で最初からお付き合いいただいた方は大学生くらいになっているのでしょうか？

やっぱり長いですね。それだけに私の思い出も多いです。

たとえば。

私は滅多《めった》に執筆していることを話さないのですが（両親もタイトルなど知りません）、酔いの席でつい友達に「実は書いている」と打ち明けたことがあります。

そしたら告白大会になって、実はその友達も副業で漫画を描いていました。しかもR18のやつでお世話になったことがあるやつでした。かなり有名人でビックリしたのを覚えています。

あれ以来あいつの顔がチラつくんだ……これって恋なのかな。

さて、そんな私事は置いておいて言わなければならないことがありますね。

思い返せば多くの方にご助力していただきました。

まずは担当編集者様。私は随分な問題児だったと思います。それなのに根気強く第一巻からここまでお付き合いいただきました。ありがとうございました！

そして最初から最後まで素晴らしいイラストを描いてくれた由夜先生。本当にこの作品の大半は先生のお力だと思っています。ありがとうございました！

コミカライズを担当してくださっているハム梟《ふくろう》先生。迫力のある絵だけではなく、話の膨らみもすごくてモチベになっています。ありがとうございました！

他にも多くの方々のお力があってここまで来ることができました。ありがとうございました！

なにより、ここまでお付き合いいただいた読者の皆様、本当にありがとうございました！

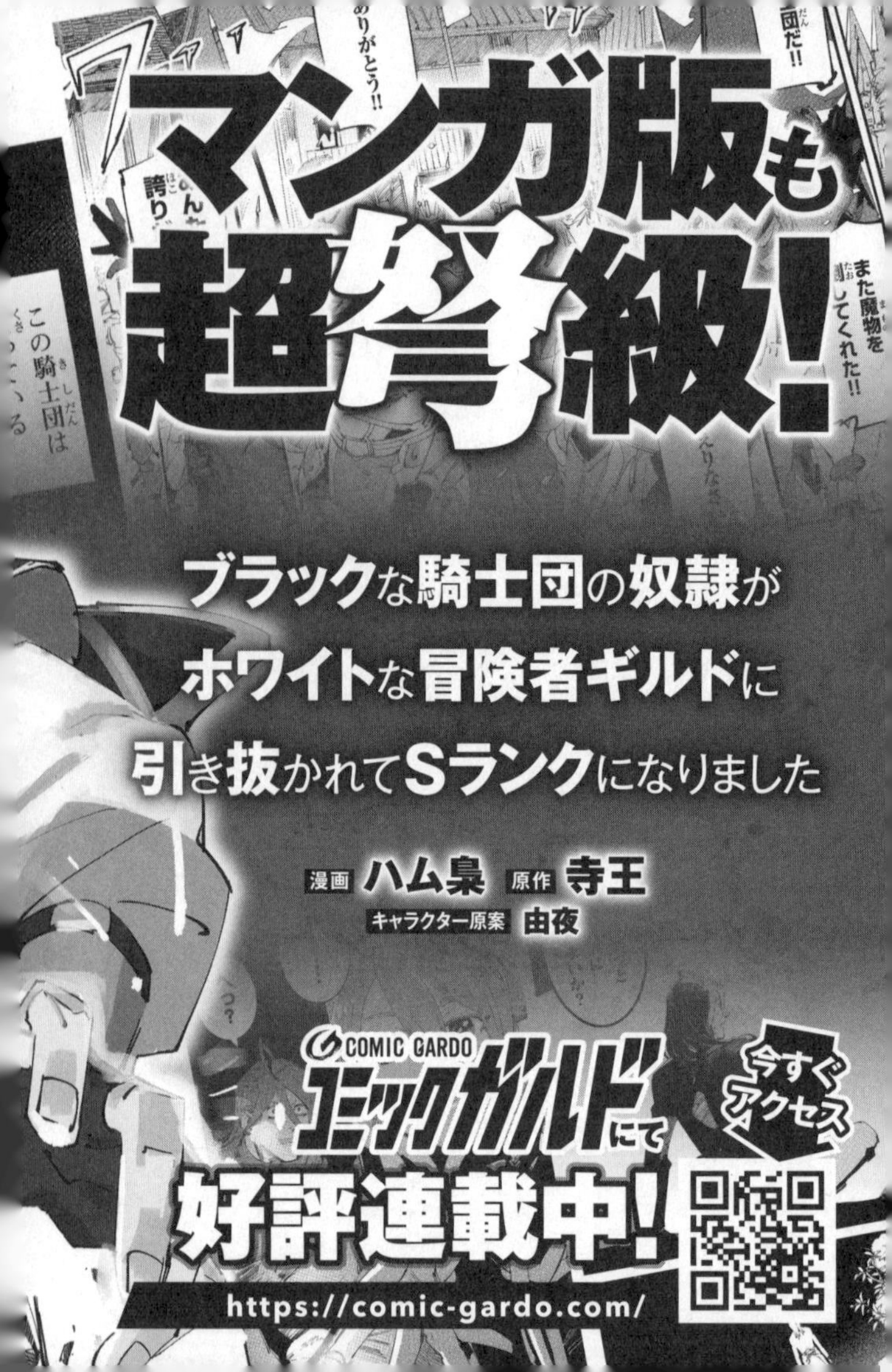
マンガ版も超弩級!
ブラックな騎士団の奴隷がホワイトな冒険者ギルドに引き抜かれてSランクになりました
漫画 ハム梟 原作 寺王
キャラクター原案 由夜
COMIC GARDO
コミックガルドにて
今すぐアクセス
好評連載中!
https://comic-gardo.com/

COMIC GARDO
壱式《いちしき》ー
ジ…
シード…

# 作品のご感想、
# ファンレターをお待ちしています

あて先

〒141-0031
東京都品川区西五反田 8-1-5 五反田光和ビル4階
オーバーラップ文庫編集部
「寺王」先生係／「由夜」先生係

OVERLAP

ブラックな騎士団の奴隷がホワイトな冒険者ギルドに
引き抜かれてSランクになりました 9

発　　行　2023 年 6 月 25 日　初版第一刷発行

著　　者　寺王
発 行 者　永田勝治
発 行 所　株式会社オーバーラップ
〒141-0031　東京都品川区西五反田 8-1-5
校正・DTP　株式会社鷗来堂
印刷・製本　大日本印刷株式会社


Printed in Japan ISBN 978-4-8240-0526-7 C0193


オーバーラップ　カスタマーサポート
電話：03-6219-0850 ／受付時間 10:00～18:00（土日祝日をのぞく）

オーバーラップ文庫
反逆者として王国で処刑された隠れ最強騎士
蘇った真の実力者は帝国ルートで英雄となる
蘇った最強が、世界を激震させる！
王国最強の騎士でありながら反逆者として処刑されたアルディアが目を覚ますと、そこは死ぬ前の世界だった……。二度目の人生と気づいたアルディアは、かつて敵だった皇女に恩を返すため祖国を裏切り、再び最強の騎士として全ての敵を打ち滅ぼしていく――!!
著 相模優斗 イラスト GreeN
シリーズ好評発売中!!

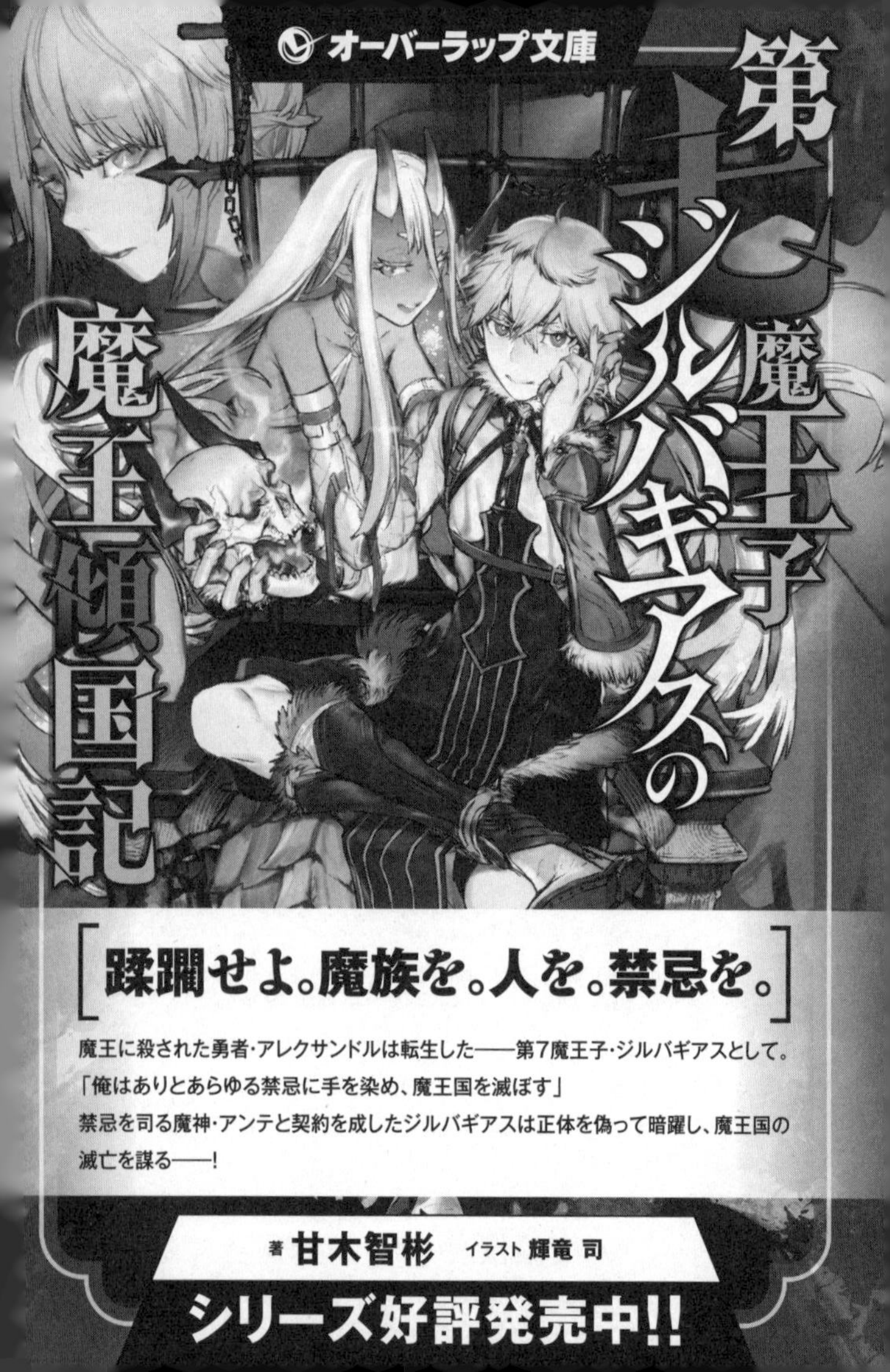

オーバーラップ文庫
第七魔王子ジルバギアスの
魔王傾国記
[蹂躙せよ。魔族を。人を。禁忌を。]
魔王に殺された勇者・アレクサンドルは転生した――第7魔王子・ジルバギアスとして。
「俺はありとあらゆる禁忌に手を染め、魔王国を滅ぼす」
禁忌を司る魔神・アンテと契約を成したジルバギアスは正体を偽って暗躍し、魔王国の滅亡を謀る――!
著 甘木智彬　イラスト 輝竜 司
シリーズ好評発売中!!

オーバーラップ文庫
異能学園の最強は平穏に潜む
～規格外の怪物、無能を演じ学園を影から支配する～
［その怪物――測定不能］
最先端技術により異能を生徒に与える選英学園。雨森悠人はクラスメイトから馬鹿にされる最弱の能力者であった。しかし、とある事情で真の実力を隠しているようで――？　無能を演じる怪物が学園を影から支配する暗躍ファンタジー、開幕！
著 藍澤 建　イラスト へいろー
シリーズ好評発売中!!

オーバーラップ文庫
凡人探索者のたのしい現代ダンジョンライフ
最弱の凡人が、世界を圧倒する!
ある事件をきっかけに、凡人・味山只人が宿したのは「攻略のヒントを聞く異能」。周囲からは「相棒の腰巾着」と称され見下される味山だが、まだ誰も知るよしはなかった。彼が得た「耳」の異能。それはいつか数多の英雄すら打倒する力であることに――!
著 しば犬部隊　イラスト 諏訪真弘
シリーズ好評発売中!!

神も運命も蹂躙せよ
竜の寵愛を受けし
「最凶」強欲冒険者
現代ダンジョンライフの続きは
異世界オープンワールドで！
The Continuation of Modern Dungeon Life
Have Fun in an Another World, Like an Open World!
しば犬部隊
illust
ひろせ
大好評発売中!!

第11回 オーバーラップ文庫大賞
原稿募集中!
イラスト：じゃいあん
【締め切り】
第1ターン 2023年6月末日
第2ターン 2023年12月末日
各ターンの締め切り後4ヶ月以内に佳作を発表。通期で佳作に選出された作品の中から、「大賞」、「金賞」、「銀賞」を選出します。
その物語は、きっと誰かが好きな物語。
【賞金】
大賞…300万円
(3巻刊行確約+コミカライズ確約)
金賞……100万円
(3巻刊行確約)
銀賞……30万円
(2巻刊行確約)
佳作……10万円
投稿はオンラインで！ 結果も評価シートもサイトをチェック！
https://over-lap.co.jp/bunko/award/
〈オーバーラップ文庫大賞オンライン〉
※最新情報および応募詳細については上記サイトをご覧ください。
※紙での応募受付は行っておりません。